光文社文庫

長編時代小説

緋《ひ》の孔《く》雀《じやく》

牙小次郎無頼剣（五）
決定版

和久田正明

光 文 社

目次

主な登場人物

牙小次郎《きばこじろう》　纏屋《まといや》の石田《いしだ》の家に居候する浪人。実の名は正親町高熙《おおぎまちたかひろ》。父は、今上天皇の外祖父にあたる。

小夏《こなつ》　夫の三代目石田治郎右衛門《じろうえもん》が亡くなった後も石田の家を支える女将。

三郎三《さぶろうざ》　駆け出しの岡っ引き。

田ノ内伊織《たのうちいおり》　南町奉行所定町廻り《じょうまちまわ》同心。

第一話　白骨美女

一

殺した女がよみがえるということは、滅多にないことだ。いや、滅多どころかありえないし、あってはならないことである。

(他人の空似だ)

雷門《かみなりもん》の仙太郎《せんたろう》は、初めはそう思い込もうとした。だが心胆《しんたん》を寒からしめる思いでいることは確かだった。

(何をびくついていやがる。おれぁ雷門の顔役だぞ)

おのれを鼓舞《こぶ》し、夜の河岸の柳の木の下にうすぼんやりと立つその女を、見ないようにしながら歩を速めた。

撫子模様《なでしこもよう》の浴衣《ゆかた》を着たその女は、仙太郎の動きをじっと見ている――ような気がした。

見られていると思うと、仙太郎は尚更のこと気分が悪くなってきた。吐き気さえも催しそうだ。

その背格好から顔の輪郭、それに陰気な感じなど、何から何まで一年前に殺した女にそっくりだった。見てはならないものは、見ない方がいいに決まっている。しかし膝が震えだして、前に進めなくなった。

「仙太郎さん」

消え入りそうな女の声に、思わずその場に釘付けにされた。

(違う、文字若《もじわか》じゃねえ。あいつはおれのことをさんづけなんかじゃ呼ばなかった。いつもあんた、あんたと……声だってまるっきり違う女だ)

では仙太郎の名を呼ぶあの女は、いったい誰なのか。

恐る恐るふり向いた。

「ぐわっ」

まともに見て、仙太郎は蛙《かえる》でも呑み込んだような異様な呻《うめ》き声を漏らした。間違いなかった。正真正銘、去年の春に殺して埋めたはずの文字若ではないか。

「てめえ、どうして……」

そこで絶句した。

文字若が笑ったように見えたのだ。

「仙太郎さん、よくもあたしを」

「ななっ、かあっ」

言葉にならない言葉を発し、仙太郎は蒼白になり、もつれる足で後ずさった。脂汗がたらたらと首筋を滴《したた》り落ちる。

恐怖のどつぼにはまっていて、それは仙太郎としては無理もないのだが、しかしよくよく見れば女は無表情で、唇も動いていなかった。消え入りそうなその声は、近くの暗がりから発せられているのだ。

「てめえ、化けて出やがったな。ふざけやがって。もう一遍殺されてえのか」

逆上した仙太郎がふところから匕首《あいくち》を抜き放った。そして兇器を腰だめにして女に突進した。

ずぼっ。

変な音だ。

女の腹を刺した仙太郎が、次には不可解な顔になった。

刺した白刃の感触は人肌ではなく、張りぼてのそれだったのだ。なかは空洞だ。すると震動で生首が胴体から離れ、ぼとりと仙太郎の足許に落ちた。

「ぎゃっ」

絶叫を上げ、仙太郎がわれを忘れて腰を抜かした。そうして後はもう、腑抜《ふぬ》けたようになってへなへなとへたり込んだ。

すると周囲の闇から拍手喝采《はくしゅかっさい》が沸き起こった。

南の定町廻り同心田ノ内伊織《たのうちいおり》、岡っ引き三郎三《さぶろうざ》、下っ引き市松《いちまつ》が拍手をしながら姿を現し、他の二、三人の下っ引きらと共に仙太郎を取り囲んだ。

そして離れた所から、若い女がおぞましげに仙太郎を見ていた。文字若の声色を使ったのは彼女で、これは下っ引きの一人の女房なのである。その昔に旅廻りの一座にいた彼女としては、科白《せりふ》の少ないのが不満であった。

「ふざけるな、もう一遍殺してやるか――ふん、語るに落ちたな、浅草《あさくさ》無宿仙太郎。これで貴様の罪科は明々白々である」

鶴《つる》のように痩せた老人の田ノ内が、緋房の十手《じって》を突き出して言った。頭髪がほとんど失われ、申し訳のように細い髷《まげ》を結っている。ふだんは好々爺《こうこうや》なのだが、さすがに捕物の時は眼光鋭い。

三郎三も十手を逆手に持つと腕まくりをして、

「この野郎、さんざっぱら手こずらせやがって。神妙にしやがれ」

粋でいなせを気取ってはいるが、どこか垢抜けない感の三郎三はまだ二十代半ばで、一本立ちした岡っ引きの若親分である。喧嘩っ早い猿《さる》を思わせる面構《つらがま》えで、それだけにどんな事件にも情熱を持って当たり、直情径行、猪突猛進《ちょとつもうしん》型の若者だ。

三郎三に決めつけられ、仙太郎が愕然《がくぜん》となった。

（そういうことだったのか……）

観念の目を閉じた仙太郎が、しかしそれにしてもと、間近の文字若の生首を見て、

「んがあっ」

改めて恐怖の形相になった。

二

「復顔術だと？」

牙小次郎《きばこじろう》が目の前に座った三郎三にきらっとした目をやり、

「なんだ、それは」

興味深げに聞いた。

その場には女将《おかみ》の小夏《こなつ》も同席している。

牙小次郎とは世を忍ぶ仮の名で、二年前より江戸に住みついた風来坊である。

出生は畿内《きない》らしいが、はっきりとしたことは誰も知らないし、また彼もあえて語ろうとはしない。その雅《みやび》な雰囲気と余人を寄せつけぬ高貴な佇《たたず》まいは何やら謎めいていて、そこいらにいる尾羽《おは》打ち枯らした浪人たちとは明らかに一線を画している。

しかも小次郎は謎の風来坊でいながら、町娘たちが騒ぐような男ぶりだから、最初の頃は江戸っ子たちを大いに戸惑わせたものだった。

そんな小次郎も、今ではなんとなく環境に溶け込んでいる。

住みついたのは江戸に一軒だけと定められた纏《まとい》屋の家で、そこの女将である後家の小夏が小次郎を引き受けたのだ。

そこは神田竪大工町《かんだたてだいくちょう》の三代目石田治郎右衛門《いしだじろうえもん》の名家で、小次郎は母屋《おもや》とは別棟の離れを借りている。

離れは総檜造《そうひのきづく》りの独立した家屋で、母屋と渡り廊下でつながっており、十畳と八畳の二間に広い土間が取ってある。そして表からも裏からも出入りが叶《かな》い、木々の繁みが風雅を誘っている。また風通しもよく、夏のこの時分は涼風が吹き渡り、裏手からは青物役所の大屋根が見えている。

一方の小夏の方は、女将といってもまだ二十代の半ばを過ぎた女盛りで、ほっそりとした躰つきの、しゃきっとした江戸前の女である。

小次郎と三郎三とは、小次郎が江戸に住みついた当初から親交を結んでいた。

三人が今いるのは、離れの十畳間だ。

三郎三が得意顔になって説明を始めた。

それによると、こうだ。

三月《みつき》前に下谷《したや》車坂《くるまざか》の無人寺から、殺されて埋められたと思われる女の白骨体が発見された。

推定するに、死んで一年ほどが経っているという。すでに髑髏《どくろ》と化し、着物もぼろぼろだったが、高価な蒔絵櫛《まきえぐし》がわずかに残った頭髪に挿されてあった。

田ノ内伊織と三郎三はその櫛を手掛かりに探索を始め、それをこさえた櫛職人の証言から、持ち主が浅草花川戸《はなかわど》町《ちょう》に住む小唄師匠の文字若であることを突きとめた。

文字若は本名をお光《みつ》といい、美人だったという評判から、直ちに男関係が調べられた。

そして何人かの男のなかから、浅草一帯を縄張りとする仙太郎という破落戸《ごろつき》が浮上したのである。ほかの男たちは文字若に言い寄っていただけで、彼女はひたすらそれらに肘鉄《ひじてつ》を食らわせていた。

仙太郎は強請《ゆすり》、たかりで飯を食っている町の嫌われ者で、乱暴狼籍《ろうぜき》は日常茶飯の男であった。

仙太郎と文字若は二年前からの深い仲だったが、仙太郎の女出入りのことで二人の間には諍《いさか》いが絶えなかったという。

田ノ内と三郎三は仙太郎を何度も大番屋へ呼んで詮議《せんぎ》にかけたが、仙太郎は文字若との仲は認めたものの、殺人は言を左右にした。

仙太郎こそ下手人《げしゅにん》であるという確信を持ったものの、証拠がないからお縄にできず、田ノ内も三郎三も苦々しい思いでいた。

そんな時、田ノ内と同役の若手同心が、ある進言をしたのである。

深川大和町《ふかがわやまとちょう》に住む残月斎南天《ざんげつさいなんてん》という浮世絵師が、白骨に肉付けをして元の面相に復顔させてくれるというのだ。それが今までに二度ほど白骨を復顔して、行方不明者の身許が割れたという。

その二件に事件性はなかったが、文字若の事件に何か役に立つのではないかと、若手同心は言うのだ。

それを聞いた田ノ内は、初めのうちは半信半疑だったが、やがてある決意をし、南天の許を訪ねた。そして持参の文字若の髑髏の復顔を依頼したのである。

「そいつがこれなんでさ」

三郎三が白木の箱の蓋《ふた》を取り、なかへ両手を突っ込んで文字若の復顔像を取り出し、そろりと小次郎の前へ置いた。

それはまるで生前のままの生首のようだったから、さすがに小次郎は厳粛な面持ちになった。

小夏は顔色を青くし、口許に両手を当てて言葉を失っている。

「それで仙太郎に見せたらどうなるものかと思いやして、張りぼてで胴体を作って着物もちゃんと着せて、その上にこの生首を載っけて一発勝負に出てみたんでさ。するとまんまと的中して、お蔭さんで一件落着となったようなわけでして」

「三郎三、復顔術とはどのようにしてなされるのだ」

小次郎が問うた。

「いえ、あっしも詳しいことは。なんでも顔の骨の形に沿って、粘土をこねくり廻してくそうなんで。仕上げは絵の具で肌に色づけして、それから目鼻をつけていくとか聞きやしたが」

小夏が怖ろしそうに、復顔像の方を見ないようにしながら、

「それ、見てたのかい、親分」

「とんでもねえ、そんな気色の悪いもの見たかありやせんよ。南天先生からそう聞いたんでさ」

「ふうん、でもその絵師さんも大層変わった人なのねえ」

これも小夏だ。

「そりゃもう、一風、二風、三風ぐれえ変わった人ですよ。浮世絵の方は勝川春扇《かつかわしゅんせん》ってれっきとした人に教わって、そこそこの腕前らしいんですが、それだけに留まらねえで、南天先生はなんにでも首を突っ込むのが好きな人らしくって、義太夫《ぎだゆう》を唸って三味線《しゃみせん》も達者だとか。それでいて風流も愛《め》でて、俳諧《はいかい》なんぞまでやってるそうなんですよ」

「面白いな」

小次郎が目許を笑わせて言った。

「へっ？　あのう、面白えとは……」

「その男、おれに引き合わせてくれぬか、三郎三。会ってみたくなった」

小次郎みずからそういうことを言うのは、極めて珍しかった。

三郎三が面食らって、

「へえ、そいつぁ一向に構いやせんが……けどなあ」

困惑の顔になった。

「けど、なんだ」

「いえ、そのう……へい、わかりやした。それじゃ善は急げとめえりやしょうか」

そうは言ったものの、小次郎も一風も二風も変わった人だと思っているから、変わり者に変わり者を引き合わせるとどういうことになるのかと、三郎三はためらったのである。

三

残月斎南天の住む深川大和町へは、千鳥橋《ちどりばし》、富岡橋《とみおか》、永居橋《ながい》をくぐって、猪牙舟《ちょきぶね》で掘割をめぐって行く。

そこいらの堀のことを深川油堀《あぶらぼり》と称するところから、南天は油堀の先生とも呼ばれているらしい。

嫖客《ひょうかく》や粋人らは油堀で舟を捨てると、深川八幡境内《はちまんけいだい》の茶屋へ遊びに行くのだ。

三郎三が小次郎を、大和町の河岸に面した南天の家へ案内したのは、その日の昼下りであった。

その家たるや、以前は釣道具屋だったものを改築したという話で、古びて苔《こけ》むし、倒壊寸前のような一軒家である。要するに人が住んでいるとは思えないようなおんぼろの家なのだ。店のあった所を一枚板を打ちつけて封じ、その横に狭い出入口があった。

折も折、なかから乱れに乱れた撥捌《ばちさば》きが聞こえてきた。南天らしき男が三味線を弾きながら義太夫を唸っている。

「南天先生、紺屋町《こんやちょう》の三郎三でござんすよ。ちょいと、油堀の先生」

三郎三が声をかけつつ、鰻《うなぎ》の寝床のような細長い土間を伝って行くので、小次郎もその後につづいた。

まるで昼尚暗き廃屋を進むようで、湿《しっ》けて黴臭《かびくさ》い臭いが鼻をつく。

三味の音が近づくにつれ、今度は生ごみの異臭が漂ってきた。

そして奥の一室で、髪をひっつめにした痩せた若い男が夢中で撥を弾《はじ》いていた。

しゃれっ気などまるでない男らしく、すり切れた唐桟縞《とうざんじま》の単衣《ひとえ》を着ている。

それが残月斎南天で、のっぺりとした面相に小さな目鼻がつき、神経質そうに眉間《みけん》に皺《しわ》を寄せて、ひとりうなずきながら音曲に傾倒している。それはまた、おのれの腕に酔って恍惚《こうこつ》の境地にいるようにも見えた。

またその周辺はごみや汚れ物が散乱し、足の踏み場もない。炊事や洗濯はせず、煮売り屋で惣菜を買ってきては食べ、包み皮や入れ物はその辺に放置したままで、どうやら南天は度を越した大ずぼらの生活者のようだ。炬燵布団《こたつぶとん》などは醬油《しょうゆ》のしみだらけである。

南天が突然来客に気づいて撥を止め、ぱちぱちと目を瞬いて二人を見た。

「ああ、これはこれは。紺屋町の若親分さんじゃありませんか」

張りのある声の感じは、三郎三とおなじくらいの二十代の半ばか。それにしてもやわな言葉遣いが妙に女っぽい。

「うへへ、若親分なんて言われると、こちとらついつい表情が弛《ゆる》んじまいやすねえ」

そう言って三郎三は部屋へ上がり、ごみの山を邪険にのけて席を作り、さっと物腰を改めると、

「へい、先生のお蔭で小唄師匠殺しの下手人を捕えることができやした。有難うござんした」

「捕まったのですか、下手人が。それはよかったなあ」

「ええ。あの時先生は骨を見るなり、ずばりこれは女の仏だと言ったんです」

「そうそう。男と女は骨の太さからして違うし、骨盤の大きさも歴然としてますからね。それに何より、あの仏は喉仏《のどぼとけ》がなかった。骨の具合で若いか年寄かもわかるのですよ」

そこで土間に立っている小次郎に訝《いぶか》しげな目をやり、

「はて、そちらの御仁は？」

「へい、牙小次郎の旦那でさ。あっしが先生の話をしたら、是非お会いしてえと言うんでお連れしやした」

三郎三が小次郎との関係を、かい摘んで説明する。

「ご浪人様のようですね」

小次郎へは襟を正すようにして、南天が言った。

「上がって構わぬか」

「はい、どうぞ」

南天が素直に小次郎を受け入れる。

三郎三が新たに席を作り、小次郎がそこへ陣取った。

今日の小次郎は、色鮮やかな濃紫《こむらさき》地《じ》に白い小花を散らせた女物のような小袖姿だが、汚物だらけのそこを意に介する様子もなく、彼は涼しい顔をして座っている。

三郎三はそれを見て、やはり小次郎も変人なのだと思った。ふつうならとても座れないはずである。

「三郎三から聞いて、面白い男がいるものよとお主《ぬし》に興味を持ってな、それで来てみたのだが……」

小次郎が笑みを含んだ目で言った。

「どうでしたか、わたしの感想は」

南天が温顔を小次郎に向け、愛嬌に富んだ微笑を浮かべた。笑顔になると目が糸のように細くなった。小次郎の来意を面白がっているようだ。

「やはり期待に違《たが》わず、風変わりな男のようだ」

「あはは、皆さんそうおっしゃいます。まずこの汚さに呆れて、すぐに帰っちまう人もいるのですよ」

「確かに目に余るものがあるようだな」

「自慢じゃありませんが、わたしは片づけというものがまるっきりできません。それでもう、限界になると引っ越すんです。これまでに六回越しました。死ぬまでに百回はいくでしょう。けど今のところここが気に入っているので、越したくないのですけどね」

「それなら……」

小次郎が失笑する。

「いいんです、わかっています。片づければ済む話ですものね」

それがなかなかと言って、南天が屈託なく笑った。

「ちょいと、先生、こいつぁなんです」

三郎三がそこいらに丸められて転がっている紙包みを幾つか取って開き、なかから一分や二朱の銭が出てくるのにびっくりして、

「銭までごみと一緒なんですかい」

「ああ、それはみんな絵を描いた礼金なのです。面倒臭いから貰った時のまんましているのですよ。それで銭がなくなると、ひっ掻き廻して拾い集めて使うことにしています」

「たまげたな」

三郎三が呆れる。

小次郎が真顔になって、

「さて、南天とやら」

「はい」

「どのようにして復顔術を思い立ったのだ。そこを聞きたいものだな」

「はあ、それはですね……」

南天がきちんと座り直し、語り始めた。

「何年か前に北国筋へひとり旅に出たことがありまして、その時に野晒《のざら》しになっている髑髏を見たのですよ。最初は驚きましたが、よくよく見たら実にもの哀しいものを感じました。眼窩《がんか》から草が生えていまして、そこに鈴虫が止まっていい音色で鳴いているではありませんか。わたしは思わず世の無常を感じたのです。それが瞼《まぶた》に焼きついて、江戸に帰ってから髑髏を復顔することを思いついたのです」

「け、けどそう易々《やすやす》と舎利《しゃり》こうべは手にへえりやせんよね」

三郎三が恐る恐る聞く。

「ここだけの話ですが、初めはお寺に忍び込みましてね、お墓を掘り返して髑髏を盗み出したのです」

「南天先生、そんなことしたら手が後ろに廻っちまいやすぜ」

仰天した三郎三がすっ頓狂《とんきょう》な声を上げた。

「あはは、親分が岡っ引きであることを忘れてましたね。言わなきゃよかった」

「それで、やってみてどうであった」

小次郎が聞く。

「うまくいきましたよ。最初のはもうお婆さんでした。頭蓋骨《ずがいこつ》はどれもおなじに見えるでしょうが、顔がそれぞれ違うようにみんな異なるのですね。骨の高さ、張り具合、額の広さや顎の角度、人というものはどれひとつとしておなじものはないのです。ですから生まれつきの骨の形に沿って、粘土を張っつけてゆき、その上から石灰《いしばい》で固めてゆきます。そうして肉付けがなされてゆくと、あとは目鼻を描いて髷の鬘《かつら》を載っけます。そこまでくると、まるで仏さんに魂が入ったような気がしてきましてね、わたしはそれへ小さい声で語りかけるのです、長いことご苦労さんでしたと」

「舎利こうべにですかい」

三郎三がおぞましい表情になって言う。

「そうですよ。すると死んだその人の悲喜交々《ひきこもごも》が、じーんと伝わってくるような気がするのです」

「仮に仏が若い娘であったなら、これからという時に花の命を散らされ、さぞ無念であろうと、そう思うのだな」

意を得たように小次郎が言う。

「そう、それなのです。ましてや、もしそれが人の手にかかったものであるなら、その無念を晴らしてやろうと、それがわたしの使命ではないかと思うようになったのですよ」

だが南天は不意に意気消沈して、

「……しかし、わたしのやっていることがだんだんと知られるようになると、近頃ではいろいろと横槍が」

「どんな横槍かな」

小次郎が問うた。

「復顔術は死者への冒瀆《ぼうとく》以外のなにものでもない、そんな恐れ多いことをしては困ると、町医者連中がここへ乗り込んで来たこともあったのです。あの時は頭から怒鳴られて肝《きも》が冷えました」

「とかく先駆者は迫害の憂き目に遭う――そういうことか」

「はい」
宝暦《ほうれき》四年（一七五四）、漢方医の山脇東洋《やまわきとうよう》がわが国で初めて死者の腑分け《ふわ》（解剖）をした時、凄まじい世の非難を浴びた。そして後の世の杉田玄白《すぎたげんぱく》や前野良沢《まえのりようたく》もまた、然《しか》りなのである。

腑分けと復顔はまったく違うが、それでも小次郎は南天のやっていることを否定するつもりはなかった。このたびのような事件で下手人が捕まるのなら、それはそれで復顔の意義があるのではないか。死者も浮かばれるというものだ。

とまれ、その日はそれで南天と別れた。

戻りの舟のなかで、三郎三が聞いてきた。

「旦那、どうでしたか、南天先生は」

「面白いな」

「またそれですかい」

三郎三が苦笑する。

「おれは復顔には賛成でも反対でもない。しかし新しいことをやろうとしている人間に対し、何がなんでもそれを阻止しようとする石頭は看過《かんか》できんな」

「あっしもそう思いやすよ」

「ところで南天は独り者なのか」

「へえ、あそこで独り暮らしをしてることは確かですが、女がいるかどうかまでは……けどあの奇天烈《きてれつ》な気性じゃ、女は誰もついてこねえでしょう」

「ははは、それは気の毒だな」

小次郎が楽しそうに笑った。

その表情には南天への好意が滲《にじ》んでいた。

四

どこが気に入ったものか、それから小次郎は足繁く南天の許へ通うようになった。

南天もまた、喜んで小次郎を迎え入れ、かの陋屋《ろうおく》は男二人の談笑する声に満ち溢《あふ》れた。

時に小夏も小次郎に連れられて参加することもあり、一層賑《にぎ》わった。

小夏が出入りするようになると、ごみ箱をひっくり返したような家のなかはしだいに整えられた。むろん小夏が見るに見かねてのことだが、彼女は小次郎抜きでもやって来て、文句ひとつ言わずに手際よく片づけていく。

南天は大いに恐縮しながらも、決して手を貸そうとはせず、万年炬燵の上にあぐらをかいて高みの見物を決め込んでいる。人ごとのように小夏の片づけるのを見ている。

それでも小夏は怒るわけでもなく、南天を身内の男のように扱って黙々と働いている。それは南天が年下だし、男を感じさせない男だからよいのである。

そうして小夏は片づけだけでなく、雑巾《ぞうきん》がけまでして床や柱まで磨いてくれる。

本来、世話好きの女なのだ。

その姿を見るにつけ、南天はつくづくと感心したようで、

「どうしてなんでしょう、女将さん」

と言った。

小夏がきょとんとした顔を向ける。

「どうして牙様と一緒にならないのですか」

小夏はどきっとして、一瞬目を泳がせて、

「何を言ってるんですか、ふざけたことを言わないで」

「牙様のお気持ちは知らないけど、女将さんは惚れてるんじゃありませんか」

「あたしが?」

あははと笑ってみせたが、手許が覚束《おぼつか》なくなった。

「違うのですか」

「違いますよ、どうして……」

どうしてそれがわかったのかと聞きたかったが、藪蛇《やぶへび》なのでやめた。

「ではどういう素性の人なのですか、牙様という御方《おかた》は」

「あたしもよくは知らないの」

「知らないまま、二年も経ったというのですか」

「そういうこともあるでしょう、世間には」

「ないですよ」

「ありますよ。氏素姓よりも、人柄が大事なんです」

「そりゃそうですけど、だってお似合いなのに」

「あたしたちが？」

思わず聞いてしまい、また狼狽《ろうばい》した。

「ええ、まるで男雛《おびな》と女雛《めびな》みたいです。美男と美女だから、わたしとは大違いではありませんか」

「おまえさん、惚れた人はいないの？」

うまいこと話を逸らした。

「は、はあ、それは……」

都合の悪い話なのか、南天は急に無口になった。

その様子に小夏はきらっとなり、

「教えなさいよ、南天さん、このあたしだけに」

「ちょっと、それだけは……女将さん、勘弁して下さい。わたしはまだ……」

「まだ、なに？」

「そういう人を持つのは、もっと立派な絵師になってからだと」

南天が逃げを打っているように聞こえる。

「あら、だったらもうとっくに。おまえさんと知り合ってから絵草紙屋さんを覗いたら、残月斎南天さんの絵が何枚もあって、買ってく人も見ましたよ」

「はあ、でもまだまだ……去年亡くなられた春扇師匠はさておき、春信《はるのぶ》、歌麿《うたまろ》、写楽《しゃらく》と、あの人たちぐらいにならねば」

「夢は大きいのね」

「見果てぬ夢かも知れません」

「そんなことないわよ。あたしも牙の旦那も応援してますから」

そう言って話を打ち切ったものの、何やら仔細《しさい》ありげな南天の様子が、小夏の胸に残った。

五

不忍池《しのばずのいけ》は家康《いえやす》が江戸へ入府した時分から、上野《うえの》にあった。

池は深く、二百年以上の時を経ても満々と水を湛《たた》え、涸《か》れたことがない。蓮《はす》が多く、花の頃は紅白が咲き乱れて景観である。また池のなかにぽつんと小島があって、弁財天《べんざいてん》が建っている。

さらに池の周りには茶店がひしめき、昼はいつも人出で賑わっている。

「助けてくれえ」

「だ、誰かあ」

池の水際で遊んでいた何人かの童《わらべ》のなかから、時ならぬ叫び声が上がった。

それを聞きつけた茶店の亭主やそぞろ歩きの男たちが、何事かと群れをなして駆けて来た。

童の一人が池の深みに足を取られ、溺れかけていた。

「こいつぁいけねえ」

鳶《とび》の衆らしき若い男が二人、すぐに着物を脱いで下帯ひとつになり、ざんぶと池に飛び込んだ。

二人して泳ぎ、童を救出に向かう。

一人が先んじて童の首っ玉を捉え、泳いで連れて来た。

ところがもう一人の方は、池に浮かんだままでこっちへ変な顔を向けている。

「どうしたい」

童を助けた男が声をかけた。

「菰包《こもづつ》みの妙なものがあるんだ」

男が不審顔で答える。

「妙なものだと」

男はまた池へ戻り、やがて二人して水中へ潜った。

野次馬が大勢集まって来て、なりゆきを見守っている。ずぶ濡れの童も、溺れかけたことなど忘れたかのように仲間と見ている。

男二人が水中から姿を現し、流木にひっかかっていた菰包みをつかんでひっぱり上げてきた。菰包みは荒縄でぐるぐる巻きにされている。それが水際にどさっと投げられた。

皆で菰の周りに集まり、何人かが筵《むしろ》を掻き分けるようにし、なかにあるものを一斉に覗き込んだ。

なんと、それは無惨な白骨体であった。

六

外出から戻って来た小次郎が離れへ入って来て、ふっと珍妙な顔になった。

十畳には六曲一双《ろっきょくいっそう》の屏風《びょうぶ》が置かれてあるのだが、その前に小夏が正座し、つくづくと絵柄を眺めていたのだ。

それは誰ケ袖《たがそで》屏風といわれるもので、小次郎が江戸へ来て知己を得たさる人物から、譲り受けたものである。

平安時代以降、貴族社会には豪華な衣装によって室内を飾る習わしがあった。華やかな打掛けや、殿舎を美しく彩《いろど》った打出など、それらを人目を惹《ひ》く目的で衣桁《いこう》にかけた。それを衣桁飾りというのだが、その衣桁飾りそのものを絵にしたのが誰ケ袖屏風なのだ。

ゆえにその屏風絵のなかに人物はまったくなく、衣桁にかけられた袴や小袖などの衣類だけが、さり気なく、ひっそりと描かれているのである。それでいて金銀の摺箔《すりはく》を多用しているから、寂しさはなく、むしろきらびやかで眩《まばゆ》いほどで、王朝風の豪奢《ごうしゃ》な匂いさえ放っている。

小次郎はこの誰ケ袖屏風がことのほか気に入り、朝に夕べに眺めているが、小夏はこんな屏風絵のどこがいいのかと、これまで否定的だったのだ。

「どうした、女将。何をしている」

小次郎がそばへ来るまで気づかず、小夏は慌てたように居住まいを正して、

「あ、いえ、その……これを何気なしに眺めていましたら、いつもと違うような感じがしたものですから」

「どんな感じがしたのだ」

「ふだんから旦那が言ってますように、この衣装絵の向こうからざわざわと女たちの囁《ささや》き合うような声が、聞こえたみたいな」

「ほう」

「それで、絵の奥に妖怪でもいるんじゃないかと思いまして」

「それは確かだぞ、女将。妖怪が住んでいるのだ」

「ええっ」

「そう感じたらしめたものでな、そのうちおれのように話が通じ合うようになる」

小夏がひきつった笑みになり、

「ほほほ、旦那、そういうまやかしはよしにしましょう。ともかく、今まではあたしにとってはつまらない屏風絵だったんですけど、今日から見る目が変わりました」

「それはよいことだ。共に楽しみを分かち合おうではないか」

「それでですね、いつも思うことなんですけど、この絵と旦那があまりにもよく合っているんで、改めて旦那とはどういうお人なのかと、そんなことを考えていたんです」

「またそこへ戻るのか」

「はい」

小次郎が住みついてからというもの、折につけ、小夏はその素性を知りたがっていた。

「南天さんも旦那のこと、知りたがってますよ」

「よせ。おれの素性を知ったとて、詮ないことだ」

にべもない小次郎の返答だ。

だがそれはいつものことだから、小夏もへっちゃらで、

「あ、さいで」

「女将、それより誰ケ袖の話をもっとしようではないか。同好の士ができておれは嬉しいぞ」

「い、いえ、そんなつもりは……あたしはまだとても語れるほどでは」

小夏が曖昧《あいまい》に笑うところへ、三郎三が渡り廊下から離れへやって来た。

「旦那、こりゃ女将さんも」

二人の間に畏《かしこ》まる。

「何かあったのか、三郎三」

「へい、実はまたもや白骨が見つかりやしてね、今度は不忍池でござんして。それで南天先生に、そいつが持ち込まれることになったんですよ」

「またしても……」

小次郎が言って、小夏とすっと視線を交わし合った。

七

浮世絵版元の金紋堂《きんもんどう》が南天の家へやって来て、真四角で大きな顔と突き出た腹が当たらぬよう、細長い土間を身を狭めてうまいこと歩きながら、

「油堀の先生、いるかね」

そう言って部屋へ入って来ると、南天の姿はなく、隣室から、

「ああ、金紋堂さん」

間延びしたような南天の声が返ってきた。

隣室は南天が絵を描くのに使っている部屋で、唐紙が閉まっているから、金紋堂は遠慮して勝手に茶を淹《い》れながら、

「なんだか随分と片づけられて、おまえさんの家じゃないみたいだ。たまには掃除をすることもあるんだね」

片づけられてあるので、安心して羽織を脱ぎ、そこいらに放って、

「この間の美人画、よく売れてるよ」

唐紙越しに話しかけた。

「そうですか」

絵を描くことに熱中しているのか、南天の声はどこか上の空である。

「このままいったらおまえさん、師匠を凌《しの》ぐかも知れない。ははは、それはちょいとばかり褒《ほ》め過ぎかな。しかし今が頑張り時だからね」

南天は何も言わない。

「そこでだ、今度はおまえさんに読本《よみほん》の挿絵《さしえ》をやって貰いたいんだがね、作者は式《しき》亭三馬《ていさんば》先生の弟子で、相乗亭三助《あいのりていさんすけ》という人なんだ。歳《とし》はおまえさんと変わらないんで、きっと馬が合うよ。今度引き合わせるから、一度会ってやっておくれ。これはあたしとしては面白い組み合わせだと思っている。どうだろう」

「ええ、いいですよ」

またもや気のない声だ。

「まっ、ゆくゆくはおまえさんに生き物や草花の絵も描いて貰うよ、蓮の葉に蛙でもなんでもいいんだ。けどあたしは春画だけは頼まないね、女っけのないおまえさんには無理な話だろう」

ははははとひとりで笑い、そこでごくりと渋茶を啜《すす》って、

「どうかね、進んでいるのかね、新作の方は」

「ええ、まあ」

じれったくなってきて、金紋堂が立って唐紙を開けるが、そこで「ううう」と呻いて、凍りついたような顔になった。

南天は絵を描いていたのではなく、小机の上に置かれた髑髏に粘土をこすりつけていたのだ。あるいは曲尺《かねじゃく》で頬骨の高さを測ったりもしている。その表情は真剣そのものである。

そこは芝居小屋の結髪部屋のように、老若男女取り混ぜた何種類もの鬘が並んでいた。

「そ、それはなんだね」

初めて見たらしく、金紋堂が青くなって問うた。

「この前話したではありませんか、金紋堂さん。またお奉行所から頼まれましてね、復顔をやっているのですよ」

なんでもないことのように南天が言った。

金紋堂が怖ろしげに、

「お、おまえさん、なんだってそんな仕事を引き受けるんだい。あたしにひと言断っておくれよ」

「そう言われてましても……好きでやっているのですから、大目に見て下さい。今晩中には終えて、明日から新作に戻りますよ」

「本当にまったく、とんだ変わり者だよ、おまえさんは。そんな横道に逸れたことをやっていると、肝心の絵がおろそかになっても知らないよ。おまえさんのためになるとはとても思えないからね」

怒ったように言い、それで金紋堂は帰って行った。

南天は寝食も忘れたかのように、復顔作業に取り組んでいる。

そして数刻後には石灰が塗られ、復顔に目鼻がつき始めた。

女の顔である。

その辺から南天は何かに取り憑《つ》かれたようになり、夢中で作業に没頭した。それはまるで復元されつつあるその顔に心当たりでもあるかのようで、早くその人に会いたい、という執念じみた表情になっている。

日が暮れて雨が落ちてきたかと思うと、不意に屋根を叩く烈しい音が聞こえだし、そして遠く雷鳴が轟《とどろ》いた。家のどこかで絶え間ない雨漏りの音も聞こえている。

それにも南天はお構いなしだ。

やがて絵の具が塗られ、絵筆で目鼻がつき、唇に紅が引かれたところで、南天が一瞬身を引いて愕然となった。

「……………」

口許が小刻みに震えだした。

その時、裸蠟燭《はだかろうそく》の灯が不安げに揺れ、光る稲妻《いなずま》が復顔像をくっきりと、げに怖ろしげに照らしだしたのである。

かっと見開かれたその目は凄味を帯び、怨念でも宿っているかのように見えた。

南天は暫《しば》しわれを忘れ、復顔像を凝視している。真っ白なその表情は別人のようだ。

「……嘘だろう」

かすれたような声が漏れた。

そして震える手で、復顔像のつるつる頭に娘島田《むすめしまだ》の鬘を載せた。

完成された若い娘の貌《かお》がそこにあった。

楚々《そそ》とした風情で、目鼻の整った美形である。それはいかにも幸薄い面相にも見えた。

「ああっ」

南天の喉の奥から、異様な驚愕の声が発せられた。

それからさらに数刻後——。

雨が上がるのを待って、小次郎と三郎三が南天の家を訪ねて来た。

「油堀の先生、紺屋町の三郎三でござんす」

そう言い、勝手知った三郎三が部屋へ上がると、南天の姿はどこにもなかった。

「あれ、どうしちまったんでぇ……」

隣室を開けるが、やはりそこにも南天の姿はなく、しかも小机の上にあるべき復顔像は消えていた。

三郎三が混乱し、愕然となった。

「旦那、こんなことってあるんですかい。南天先生が舎利こうべと一緒に消えちまいやしたぜ」

「……」

明らかな異変を察知し、小次郎の顔が面妖に歪んだ。

八

翌日はよく晴れて、朝から真夏の陽光が照りつけている。

石田の家の店先で、手桶《ておけ》を手にした小夏が柄杓《ひしゃく》で水を撒《ま》いていた。

店には奉公人も纏作りの職人もいて、結構な大所帯だから水撒きなんぞは誰かにやらせればよいものを、小夏はなんでも率先してやらないと気の済まない気質なのだ。

そこへ三郎三が足早にやって来た。下っ引きの市松をしたがえている。

この市松はまだ十七の捕物好きで、炭屋の跡取りでいながら本人に店を継ぐ気はなく、将来は三郎三のような威勢のいい親分になりたいと思っている。顔は思い切り不細工で、出来損ないの薩摩芋《さつまいも》のようだが、背丈は三郎三よりずっと高い。

「親分、南天さんは見つかりましたか」

南天の失踪を小夏はすでに知っていて、気になって聞いてきた。

「いねえいねえ、どこにもいねえんだよ」

余裕のない顔で、三郎三は奥へ駆け込んで行く。

それにつづく市松の袖を小夏がつかんで、

「ねっ、どうなのさ、市松」

「知らねえ知らねえ、何も知らねえ」

にやにやと三郎三の口真似をして、市松も店の奥へ消えた。

小夏が手桶を放っぽりだして、すぐにその後を追う。

離れの小次郎の前に、三郎三、市松、そして小夏が揃った。

「立ち廻り先をあちこち当たったんですが、南天先生はどこにも行ってねえんでさ」

三郎三の報告に、小次郎は疑念を深くして、

「只の行方不明ではなく、復顔像を持ち歩いているところが解《げ》せんのだ。南天の身に、いったい何があったものか……」

「誰かが押し入ったような形跡はないんですか。それで南天さんが拐《かどわ》かされたとか」

小夏が誰にともなく言うと、三郎三が言下に否定して、

「そんな様子はまったくなかったぜ、女将さん」

「んまあ」

「版元へは行ってみたか」

小次郎の問いに、さらに三郎三が、

「へえ、金紋堂は本石町《ほんごくちょう》に立派な店を張った版元でしたよ。そこの主《あるじ》によりやすとね、ゆんべあっしらが行くめえに南天先生の所へ立ち寄ったと言うんです。その時の様子はいつもと変わらねえということでしたが、ところが南天先生が舎利こうべに粘土をこすりつけていたんで、主は気味悪くなってけえったと言っておりやす」

「だったらその版元との間に、悶着《もんちゃく》なんぞはなかったのかしら」

小夏が問うと、三郎三は手をふって、

「悶着どころか、金紋堂は南天先生をでえじにしてるみてえなんで」

「南天と親しい連中はどうだ」

これは小次郎だ。

「へえ、それについちゃあ、金紋堂から心当たりを聞いて書き留めてめえりやしたから、昼過ぎからでも当たってみようかと」

するど小夏が膝を乗り出して、

「親分、あたしも助っ人しますよ。手分けして当たりましょう」

「けど女将さん、店を空けるわけには」

三郎三はあまり有難くない顔だ。捕物に女の助っ人を頼むということを彼はよしとはしない。つまりはこの男の片意地なのだ。

「ううん、今は大丈夫。ここんとこ火事がないお蔭で、纏屋は暇なのよ」

火の手が上がれば火消し衆が出動し、火事場で纏が焼失したり損傷を受けたりして、石田の家に作り直しや修繕がどっと持ち込まれることになっているのだ。

小夏が張り切ったように、

「それじゃそういうことで。みんなでお昼を食べてから出かけることにしましょうか」

まるで遊山《ゆさん》にでも行くような口ぶりだ。

「女将さん、そいつぁ有難え。腹ぺこを忘れてやしたよ」

三郎三が言えば、市松も調子に乗って、

「女将さん、いつもうちの親分が世話かけてすみませんねえ」

「いいのよ、そんなこと」

小夏がそう言って去ると、三郎三が市松の頭をひっぱたいて、

「なんだ、てめえは。余計なことを言うもんじゃねえ」

「だって親分が人の世話にならねえ日はねえから」

「いちいち気に障るな、てめえの言うことは。そりゃどういう意味なんだよ」

つっかかる三郎三を、市松が押しのけて、

「牙の旦那、おいらなりにちょっと考えたことがあるんですが」

「なんだ、言ってみろ」

小次郎は若い市松にはやさしい眼差しだ。

「南天先生が磨いていた骸骨ってな、誰か知ってる人じゃなかったんですかね」

「うむ?……よりによってか」

小次郎は考え深い表情になっている。

「万が一つに、そういう偶然もあると思うんです。もしそうだったら、南天先生は居ても立ってもいられなくなりますよね。おいら、それでいなくなったんじゃねえかと思ったんです」

「……」

「おめえな、牙の旦那に意見を申し上げるのは十年早えぞ。つまらねえ思いつきを口にするもんじゃねえ」

「そうですかねえ、これでもおいらは親分より捕物の才覚があると思ってるんですが。町のみんなも言ってますよ」

「て、てめえ、町の衆がなんと言ってるってんだ」

「三郎三親分がどうにかこうにかやっていけるのは、このおいらのお蔭だって」

「ほざきやがったな、この野郎、上等じゃねえか」

いきりたつ三郎三を、小次郎が制して、

「待て。面白いぞ、市松の意見は」

「旦那あ、こんな奴の言うことになんか耳を貸さねえで下せえやしよ」

「いや、市松の言う通りだ。髑髏の主がもし知り合いだとしたら、南天は血相を変えるはずであろう。それを持って飛び出したとしても、なんら不思議はないぞ」

九

残月斎南天の姿は、築地《つきじ》にある比丘尼橋《びくにばし》の上にあった。

復顔像を納めた白木の箱を風呂敷で包み、まるでそれが遺骨でもあるかのように、胸に大事そうに抱いている。

南天は昨夜からここいらを夢遊病者のようにほっつき歩き、さらに朝から橋の上に立ってそうしているのだが、何をするわけでもなく、ただうろつくばかりで、ずっと途方にくれた情けない表情をしていた。

左手の御堀《おほり》の向こうには土佐《とさ》や阿波《あわ》の大名屋敷が並び、後方の数寄屋橋《すきやばし》御門の奥は南の御番所で、その大屋根が見えている。

右手は西紺屋町、北紺屋町、五郎兵衛町《ごろべえちょう》、弓町《ゆみちょう》などの日本橋《にほんばし》南の商業地で、商家が櫛比《しっぴ》している。

橋を通る人も多く、商人や行商人らが怪訝《けげん》に南天のことを見て行く。

しかし人目などお構いなしで、南天は今にも泣きだしそうな面持ちなのである。

「お鈴《すず》……」

か細い声が、南天の喉の奥から漏れた。

復顔像の娘の名前である。

三年前、南天はお鈴という娘と駆け落ちをしようとし、この比丘尼橋で待ち合わせをしたのだ。

しかしいくら待ってもお鈴は来なかった。夜の六つ半（七時）に示し合わせたのに、朝まで待っても現れなかったのである。

お鈴の実家は芝口《しばぐち》一丁目の「亀甲屋《きっこうや》」という木綿問屋の大店《おおだな》で、朝になってそこへ行ってみたが、まだ早朝で家は閉ざされており、なかの様子を窺い知ることはできなかった。

といって、南天は自分の家に戻ることも叶わなかった。その頃の南天には自分の家などなく、彼はお鈴の家の奉公人の身分だったのである。

その昔、南天の家は零細な小商いをしていたが、商いに失敗して借金に押し潰され、ふた親は南天を捨てて夜逃げをした。彼の元の名は三之助《さんのすけ》といい、親に置き去りにされた時は九歳であった。それを不憫《ふびん》に思った町名主が、木挽町《こびきちょう》の袋物問屋栄屋《さかえや》の主に世話を頼んだ。そしてその家に少年の南天は引き取られて育てられることになった。みなし子を預かるとお上《かみ》から年に一両二分の褒賞金《ほうしょうきん》が出ることになっており、どうやら栄屋はその金が目当てだったようだ。

しかし栄屋のその家には五人もの子供がひしめくようにいて、ひ弱だった南天はその子らにさんざっぱらいじめられながら、肩身の狭い思いのままで育った。主もまた南天にひどい仕打ちをしてこき使い、長じても銭など一文も与えず、着物も物乞いのようなぼろを着せていた。

そんな境遇に腹を立てながらも、ほかに行く所がないから、南天は我慢に我慢を重ねて暮らしていた。そういう不遇にさっさと見切りをつけることができないのが、南天の気性なのである。つまり愚図なのだ。

　南天が十三になったある日、百本杭《ひゃっぽんぐい》に土左衛門《どざえもん》が揚がり、それを偶然見に行ったら、彼を捨てたふた親の心中死体だった。黙ってそれを見ているだけで、南天の心は何も動かなかった。

　十九になった時、南天と共に育った栄屋の伜《せがれ》の一人が罪を犯した。隣家の金を盗んだのである。主はその罪を被れと南天に言い、これまで育てた恩を着せてきた。そういうのにも南天は抗することができず、唯々諾々《いいだくだく》としてしたがった。

　それで南天は偽りの自訴をし、沙汰《さた》が下って人足寄場《にんそくよせば》で二年間つとめた。放免されて栄屋に戻ったが、南天の居場所はすでになくなっていた。周りは本物の泥棒を見る目で南天のことを見たのだ。さすがにいたたまれなくなり、やむなくその家を出て巷《ちまた》をほっつき歩き、野良犬のような生活を始めた。

　そして荒れ寺のお堂で寝起きをしている南天に声をかけたのが、お鈴の父親であった。

　そうして南天は、亀甲屋の下男として働くことになった。しかしそこでひとり娘のお鈴と相思相愛の仲になってしまったのだ。人目を忍ぶ仲となり、二人は苦しんだ。

主家の娘と下男では、とても許されるはずはない。一緒になるには駆け落ちするしかなかった。

別々に家を出て比丘尼橋で待ち合わせをしたはずが、来ないということは、お鈴が直前になって心変わりをしたのに違いない。所詮は身分違いのお嬢様なのだ。

そう思い込む心にはひがみもあり、南天は比丘尼橋から立ち去った。

お鈴を諦めるのはつらかったが、二度と亀甲屋へは戻れないし、消え去るしか術《すべ》はなかったのである。

もう二十三になっていたから、世間のことに暗くはなかった。日傭取《ひようと》りの仕事につき、住む所がないため、そこの親方に頼んで人足小屋で暮らすことにした。以前から絵に関心があったので、絵道具を買ってきてひそかに絵を描き始めた。絵を描いていると浮世のことが遠くなり、楽しくてわれを忘れた。

そうこうするうち、南天の絵を見て感心した親方が、絵師の勝川春扇に引き合わせてくれた。親方と春扇とは遠い縁戚関係にあったのだ。

人足仕事をしながら、南天は春扇の許に出入りし、絵を学んだ。そうしてめきめきと頭角を現していった。

天賦《てんぷ》の才があったのである。

版元は金紋堂が引き受けてくれ、やがて南天の絵が世に出ることとなった。その時に三之助の名を捨て、残月斎南天と名乗った。

それ以来名が高まり、南天の人生は順風満帆《じゅんぷうまんぱん》となったが、時折、後ろめたい気持ちに蓋をし、気になって芝口一丁目の亀甲屋の様子を見に行った。しかしお鈴に逢うことは叶わず、彼女のその後を人に聞くこともしなかった。

成功したからといって、今さら迎えにも行けないし、三年も経っているのだから、当然お鈴はどこかへ嫁いだはずである。

若き日の蹉跌《さてつ》に南天の心はいつも揺らぎ、これまでも煩悶《はんもん》がくり返されていたのだ。

しかしこの一年ほどは、亀甲屋へ行くこともままならなかった。絵の依頼が絶え間なくあり、また復顔術を始めたことがさらに足を遠のかせた。

そのことを南天は、今ここで悔やんでいた。

というのも、奉行所から持ち込まれた髑髏がお鈴のものとわかり、矢も楯もたまらずに亀甲屋へ駆けつけてみると、芝口一丁目のそこに店はなくなっていたのだ。

近隣で聞くと、亀甲屋は半年前に潰れたと言われた。家人の消息も知れなかった。

さらにお鈴のことを尋ねると、お鈴は三年前から行方知れずになっていたことがわかった。

三年前といわれて思い当たるのは、駆け落ちの晩である。お鈴の身に何があったのか。あの晩のことを深く追及せず、勝手に諦めて立ち去ったおのれのひとりよがりが悔やまれた。

お鈴は心変わりをしたのではなく、別の事情が生じて比丘尼橋に来られなかったのではないのか。

胸の張り裂けるような思いがした。

しかし今となっては、真相はわからずじまいなのである。

そのお鈴への悔恨に苛《さいな》まれ、いわくのある比丘尼橋に南天は馬鹿のように立ち尽くしていたのだ。そこにいてもどうなるものでもないのに、その場から立ち去れないでいた。

三年前のお鈴の行動が知りたかったが、なす術はなかった。いつまで経っても愚図な自分に嫌気がさした。

「お鈴……」

またその名が南天の口から漏れた。

照りつける日はもう西に傾き始めていた。

十

うちひしがれた南天が深川大和町の家へ帰って来ると、灯がついていて、そこに小次郎がひっそりと待っていた。

「牙様……」

南天は土間に突っ立ったままで、なぜか小次郎を見て泪《なみだ》が出そうになった。小次郎に対して、すでに親愛の情を持っていたのだ。

小次郎は南天の胸に抱えられた風呂敷包みにちらっと目をやり、

「案じていたぞ、南天」

「は、はい……申し訳ありません」

おずおずと部屋へ上がり、風呂敷包みを傍らへ置き、南天は悄然《しょうぜん》とした様子で小次郎の前に座った。

「何があったのだ」

「え、ええ……」

生返事のまま、南天はうなだれている。

「そうして持ち歩いているほどだ、その復顔像と無関係ではないのだな」

「お察しの通りです」

「誰なのだ、それは」

「……」

「有体《ありてい》に申せ、南天」

「髑髏は、お鈴だったのです」

南天が声を震わせた。

「おまえの知り合いか」

「言い交わした仲の娘でした。駆け落ちする寸前に、お鈴は行方をくらましてしまったのです」

「もっと詳しく話してみろ」

「はい」

切なく、救いを求めるような目を上げ、南天が過去の経緯を語りだした。

親に置き去りにされ、他人の飯を食らうこととなり、やがてやりもしない罪で寄場づとめまでさせられた。それからまた亀甲屋に拾われたものの、大恩ある主家の娘お鈴と恋仲になり、駆け落ちを考えた。だがそれが果たせず、日傭取りの仕事に身を転じるうち、絵師の道が開け、世間に名が知られるようになった。

しかし不忍池から見つかった白骨を復顔すると、それがお鈴であることがわかり、矢も楯もたまらずに芝口一丁目の亀甲屋へ行ってみると、店はなくなっていた。

しかもお鈴は、すでに三年前から行方不明となっていたと人から聞かされ、南天は身も世もなくなり、途方にくれて一日中比丘尼橋に突っ立っていたことを明かした。

そして南天は声を詰まらせ、

「牙様、元はと言えば、みんなこのわたしの不甲斐《ふがい》なさが招いたことなのです。お鈴がどうして比丘尼橋へ来なかったのか、あの時は心変わりをしたのだと思っておりましたが、そうではなかった。お鈴を信じてやれなかったわたしが愚かだったのです」

「………」

南天が小次郎の顔色を窺うと、小次郎は疑惑に満ちた顔になっていた。

「南天、お鈴は確かに比丘尼橋へ向かったのだ」

「はい、わたしも今はそう思っております」

「それがなぜ橋へ辿《たど》り着けなかったのか、おまえに逢えなかったのか。恐らくそこへ来るまでの間に何かがあったのだ。お鈴にとっても予期せぬ出来事が、湧き起こったのに違いない」

「それはいったい、どんなことでしょう」

南天が不安をみなぎらせた。

小次郎はそれには答えず、

「亀甲屋にいた頃、特におまえと親しかった者はいるか」

「旦那様も奥様もみんないい人たちでしたけど、あの時のわたしの身分で親しかった人といえば、手代の惣助《そうすけ》さんです。歳はわたしとおなじで、それはよくしてくれました」

「わかった。その先はおれに任せろ」

「ええっ、牙様が?……そんな、恐れ多いことですよ」

「よい、気にするな」

「でも……」

「比丘尼橋へ来られなかったお鈴のわけを、このおれも知りたいのだ」

十一

小次郎の頼みを受け、三郎三は捜索に飛び出した。

そうして市松ら下っ引き連中を掻き集め、亀甲屋の家人、奉公人たちの行方を追った。

それには小夏も助っ人を買って出た。

三郎三としては遠慮して貰いたかったが、小夏は南天の過去に同情し、放ってはおけないと主張した。かなり南天に肩入れしているようだ。

亀甲屋が潰れたのは競争相手のせいで、おなじ町内に木綿問屋の大店が進出してきて、亀甲屋の暖簾《のれん》は傾いた。それが一年前のことで、商いの規模を狭め、奉公人の数を減らしてもおっつかなかったのだ。

しかも主夫婦は江戸を捨て、房州《ぼうしゅう》の寄《よ》る辺《べ》を頼って引っ込んでしまった。その落ち行き先も不明なのである。さらに奉公人たちは四散していて、追跡は困難を極めた。

捜索の主眼は手代の惣助だと小次郎に言われ、三郎三は亀甲屋の奉公人を一手に扱っていた芝神明《しばしんめい》の「茂原屋《もばらや》」という口入れ屋を当たった。

しかし茂原屋としても、年間に何百、何千という奉公人の周旋《しゅうせん》をしているのだから、誰も十年以上も前の惣助のことなど憶えている者はいなかった。

そこで旧《ふる》い台帳を調べさせ、ようやく惣助の身許が知れた。

惣助の在所は雑司ケ谷村《ぞうしがやむら》となっており、ふた親の名も記されてある。亀甲屋に奉公に上がったのは、惣助が十五の時だった。そして身許保証人は、神田鎌倉町《かまくらちょう》大工留吉《とめきち》となっていた。

鎌倉河岸に近いそこを訪れると、棟梁《とうりょう》の留吉はすでに他界していて、代を継いだ伜の太平《たへい》というのが応対に出た。

惣助の名を聞いて、太平は首をひねり、

「お父《と》っつぁんは大層な世話好きでしたからねえ、いろんな人に名めえを貸しておりやしたよ。だから惣助といわれても、どこの誰のことだか」

そこで雑司ケ谷村へ向かうことになった。

小次郎、小夏、三郎三は神田、本郷《ほんごう》から小石川《こいしかわ》へ入った。そうして護国寺《ごこくじ》を抜けると、目の先一面に田畑が広がった。点在する百姓家が見える。

日盛りのなかをやって来た三人は、畑から吹きつける涼風を受け、汗が引っ込む思いがした。

辺りは蟬《せみ》の声頻《しき》りである。

惣助のふた親は勘《かん》右衛《え》門《もん》とさだといったが、その家を探し当てると、すでに廃屋となっていた。

隣家の百姓に三郎三が十手を見せ、ふた親のことを尋ねる。

腰の曲がった百姓の老人は、苦渋に満ちた表情を作りながら証言した。

「勘右衛門さん夫婦は三、四年めえに相次いでこの世を去りましてのう、それで跡を継ぐ者がいねえのでこういうことに」

「夫婦の所にゃ、惣助という伜がいたはずだぜ、父っつぁん」

三郎三が少し耳の遠い老人に、声を大きくして言った。

「へえ、惣助のことはよく憶えておりやす。がきの頃はここいらでも手のつけられねえ悪たれでごぜえましたよ。ちょっと残忍なところのある奴で、犬や猫をよく殺しておりやした。納屋に火をつけたこともごぜえやす。それが十四、五になる頃にやすっかりおとなしくなって、勘右衛門さんが神田の大工の知り合いに頼んで、惣助は芝口の大店へ奉公に上がったんです」

「藪入《やぶい》りにゃけえってたのかい、惣助は」

さらに三郎三が聞く。

「初めの二、三年はけえっておりやしたが、それから滅多に顔を見せなくなりやした。母親のさださんが死んだ時だって、その日にけえって来てとむれえを済ませると、夜にはもういなくなっておりやした。だから次の日の野辺送りは勘右衛門さんがひとりでやっておりやしたねえ。親子の仲が特別悪いってわけでもねえのに、惣助のあの変わりようはいってえどうしたものかと、みんなで噂したもんです」

三人は黙って聞いている。

「その翌年に勘右衛門さんが病いで倒れて、惣助はけえっては来たんですが、その時百姓を継ぐ継がねえで揉めて、結局惣助はもう戻らねえようなことを言って出て行きやした。あっしが惣助を見たのはそれが最後で、三月後に勘右衛門さんが死んだ時は、知らせを出しても惣助はけえってめえりやせんでした。それで仕方なく、村のみんなでとむれえを出したようなわけで」

惣助はどこへ行ったものか、それで糸はぷっつりと切れてしまった。

帰る道すがら、護国寺の境内の茶店で三人は休んだ。

小次郎は冷たい麦湯だけだが、小夏と三郎三は草団子をぱくついた。

「惣助って、どんな人なんでしょうね」

どちらにともなく小夏が言い、

「百姓が嫌なのはわかるけど、ふた親のとむらいぐらいきちんとすればいいのに」

「女将さんは惣助のことを、あまり感心しねえ奴だと思ってるんだな」

三郎三の言葉に、小夏がうなずいて、

「罰当《ばちあ》たりもいいとこじゃない。そんな奴と南天さんが親しかったなんて、信じられないわよ」

「旦那はどう思いやすね」

三郎三が小次郎に話を向けた。

「童の時分に悪たれだった奴が、十四、五でおとなしくなったという話であったな」

「へえ」

「おれはそこがひっかかったのだ」

三郎三が小夏と見交わし合い、

「ひっかかったとは？」

「うがち過ぎかも知れぬが、奴は長じて本性を隠して生きるようになった」

小夏が得心して、

「なるほど、表見《おもてみ》はいい子を装って、陰で悪さをしてるのかも知れませんね。うむむ、油断も隙もありゃしない。なんて嫌な奴なのかしら」

「そうなるってえと旦那、惣助が南天先生によくしたってえ裏にゃ、何か魂胆《こんたん》でも……」

小次郎が無言でうなずき、二人に目顔でものを言った。

小夏と三郎三が再び見交わし、ある想像にさっと表情を引き締めた。

「旦那、まさかそれにお鈴って娘が絡んでるんじゃないんでしょうね」

小夏の声が甲高く響いた。

「そのまさかだと、おれは思っている」

もの静かな口調だが、小次郎の胸は波立っていた。

十二

その夜、五つ（八時）を過ぎてから、小次郎が南天の許を訪ねた。

昼の熱気がまだ残っているのか、家のなかはむっとしている。

小次郎が土間に立つと、南天はお鈴の復顔像を前に置き、ひとり静かに冷や酒を舐めていた。

その額にうっすら汗をかき、何やらもの思いに耽《ふけ》りながら団扇《うちわ》を使っている。

「生首を前にして飲む酒はどんな味だ」

「あ、これは牙様」

小次郎に気づき、南天が慌てたように復顔像を手許へ寄せ、きちんと座り直した。

小次郎は上がって対座すると、

「おれも一杯貰おう」

そう言ってそこいらに転がっていた湯呑みを取り、みずから徳利の酒を注いで、

「われらで駆けずり廻った末、いろいろなことがわかってきたぞ、南天」

小次郎が言うわれらとは、小夏や三郎三たちのことだ。

「はい」

南天が真剣な顔を上げた。

「そこで改めて尋ねるが、まずおまえが、お鈴と駆け落ちをしようとしたのはいつのことだ」

「忘れもしません。丁度三年前の七月朔日《ついたち》です。お鈴と別々に店を出て、六つ半に

比丘尼橋で落ち合うことになっておりました」

小次郎がうなずき、

「うむ。お鈴はその晩、確かに家を出ていることがわかった」

「どうして、それが」

「当時の女中頭のお松《まつ》というのが見つかったのだ」

「ああ、お松さんなら知ってます。口喧《くちやかま》しい人で、わたしが愚図なのでよく叱られましたよ。どこにいましたか」

「今は仕事をやめ、亭主と駿河台下《するがだいした》で暮らしていた。口入れ屋の線を辿ってゆき、ようやくお松を見つけだしたのだ」

「わたしのことはどうしましたか、話したのですか」

小次郎がかぶりをふり、皮肉な笑みで、

「いや、下男だった三之助が今をときめく残月斎南天であることは、伏せておいた。差し障りがあろう」

「はい、それは……お気遣い恐れ入ります。で、お松さんはなんと」

南天が膝を乗り出した。

「おまえが言う三年前のその晩、お鈴が裏手からこっそり出て行くのを、お松は見たと言っている。その後お鈴は戻らず、さらにおまえも行方をくらましたゆえ、すぐに駆け落ちということがわかったらしい」

「ではやはり、お鈴は比丘尼橋へ向かったのですね」

小次郎がぐびりと酒を干して、

「そうだ。そして間違いなく、その途中でお鈴の身に何かが起こったのだ」

「…………」

「それからお松は妙なことを言いだした」

「えっ、どんな」

「駆け落ち騒ぎがまだ静まらぬ七月三日に、今度は惣助が店からいなくなったと言うのだ」

「惣助さんが……」

南天が驚きの顔になる。

「しかもお松の話では、惣助は帳場の金を五両も持ち出していた。そこで惣助がおまえと親しかったことから、二人が駆け落ちしたあと、惣助が五両の金をおまえたちに届けたのではないかと、そんな真《まこと》しやかな噂まで飛んだらしい」

「いいえ、滅相もない、そんなことは決して。寝耳に水ですよ」

南天が真顔で否定する。

「わかっている。恐らく惣助は駆け落ちとは関わりなく、あくまで別口として逐電《ちくでん》したのであろう。亀甲屋としては、外聞を憚《はばか》ってお上への届けはしなかったと、お松は言っている」

そこで小次郎はふっと溜息を吐いて、

「そんなことでけちがついたのか、やがて商売敵まで現れ、亀甲屋の暖簾は傾いていったのだな」

南天が失意の様子でうなだれ、

「なんて罪深いんでしょう、わたしは……よしんばあの晩駆け落ちがうまくいったとしても、その後で店が潰れたのでは……旦那様を始め、恩のある人たちにとんでもない裏切りを」

苦渋を滲ませた。

「後先を考えず、若いおまえが仕出かした無謀な行いであったな。あるいはそれが亀甲屋という店の運命だったのかも知れん」

「……」

「もうよせ、南天、今さら悔やんでも始まるまい。覆水盆《ふくすいぼん》に返らずだ」

小次郎に慰められ、南天はこくっとうなずいて、

「……それにしても、惣助さんがそんなことをするなんて」

「おれはな、お鈴の失踪に惣助が関わっているように思えてならんのだ」

「待って下さい、惣助さんは裏に廻ってそんなことをするような人では」

「そうかな」

小次郎は疑いの目だ。

「実はわたしとお鈴との仲は、惣助さんにだけ打ち明けてあったのです」

小次郎の目がきらっと光った。

「知っていたのか、惣助は」

「はい。それでいろいろと親身になって、わたしの話を聞いてくれました。あの時はそれでどれだけ気持ちが救われたか。駆け落ちの手助けこそしなかったものの、惣助さんは陰でわたしたちを助けてくれていたのです」

「駆け落ちの日取りも打ち明けたのか」

「はい、前の晩に知らせました」

「その惣助だが、どこへ行ったか心当たりはないか」

「いいえ、まったく……だって惣助さんは亀甲屋にいるものとばかり思っていたの

ですから」

「ふむ、ところで惣助の奉公ぶりはどうであった」

「陰日向なくよく働く人でしたけど」

「陰日向なくか……」

小次郎は内心でせせら笑った。

(亀甲屋では猫を被っていたのだな)

そう思った。

雑司ケ谷村で生き物を殺し、納屋に火まで放った悪童の惣助の姿が目に浮かんだ。三つ子の魂は百まで変わらない。それが惣助の実態なのだ。

小次郎は暫し無言で考えていたが、

「何はともあれ、惣助に会って事の真相を確かめねばならん。手掛かりが欲しい。どんなことでもよいから思い出してくれ」

「は、はあ……そう申されましても」

南天が困惑し、混迷の目をさまよわせていたが、唸るようにして立て続けに酒を飲んだ。

その様子を見ながら、小次郎も何度目かの酒を傾けた時、突然南天がはっとした顔を上げた。

「そうだ」

「む？」

「い、いや、そんなはずは……」

言いかけ、迷っている。

「なんだ、申してみよ」

「惣助さんは以前、わたしにこう言ったことがあります。五両もあれば小商いができる。売り商いから始めて、やがては店の主になりたいものだと」

「そんな野心を持っていたのか、惣助は」

「そうなのです。自分はいつまでも雇われの身ではいない、木綿商いのやり方はもう手の内に入っているからいつかは独り立ちしてみせると。そんな血気盛んな惣助さんを、とても頼もしく思っていました。商いで独り立ちするなど、わたしには到底叶いません」

「しかしおまえには画才があった。それでよいのだ」

「はあ」

「その五両、持ち出された金子《きんす》と符合するではないか」

「は、はい」

「だが店の金を盗んで商いを始めたのでは、とてもまっとうな商人とは言えぬな。それは所詮は卑しい盗《ぬす》っ人《と》根性なのだ」

「ええ……でもどうして惣助さんは……まだ信じられませんよ、牙様」

南天がおなじ言葉をくり返した。

小次郎はもう何も言わず、きゅっと残り酒を干した。

十三

南天の家から小次郎が帰って来ると、石田の家の離れで小夏と三郎三が待っていた。

刻限はもう夜の四つ（十時）になっている。

「すまんな、まだいてくれたのか」

小次郎が言いながら二人の前に座った。

「へえ、油堀の先生のことが気になって、とても休むどころじゃありやせんよ」

三郎三が言うそばから、小夏も膝を進めて、

「で、どうでした、南天さんは」

性急な様子で聞いてきた。

「相変わらずくよくよしていたぞ」

小次郎が苦笑混じりに言い、

「しかし収穫はあった」

二人が固唾《かたず》を呑むようにし、小次郎の次の言葉を待つ。

そこで小次郎は南天から聞いたばかりの話を二人に語り、

「惣助はいつか木綿店を出すと、南天に言っていたそうだ」

「それじゃ旦那、惣助はくすねた五両を元手にしてどこかで商いをしてるのかも知れませんね。運よくいって店を出しているか、あるいはまだ売り商いをしているか」

小夏が推測する。

「その場合、惣助という名も変えているであろうな」

小次郎は断定して言う。

「ええ、そう思いますね。だったら江戸中の木綿店をしらみ潰しに当たれば、きっと奴の居所が。かならずどこかの店に出入りしてるはずですよ、旦那」

小夏の言葉に、三郎三が難色を見せて、

「女将さん、そう簡単に言わねえで下せえやしよ。太物《ふともの》の店となると江戸にゃごまんとあるんですぜ。それを探すとなると、大海に落ちた針を探すようなもんでさ」

溜息混じりに言った。

小夏はしかつめらしい顔でうなずくと、

「よくわかってるわ、木綿店は大伝馬町《おおでんまちよう》一丁目だけでもかなりの数がひしめいている。でもあそこは老舗《しにせ》ばかりだから新参者の惣助が入り込む余地はない。あとはあっちこっちに大小の店が散らばっているけど、三年前からこっちに木綿商いを始めた奴を探せばいいのよ。田ノ内様にお願いして、お上に届け出ている商人を調べればそれほど難儀なこととは思えないわ」

「そりゃまあ、そうですけど」

三郎三は小夏に圧倒されている。

「明日からすぐ調べてよ、親分」

「女将さん、そいつぁちょっとばかり指図がましいですぜ」

文句を言った。

「ご免ね。でもあたし、南天さんの気持ちを思うとじっとしていられないの」

「随分と肩入れしてるんですね」

「それって、ひやかしてるの」

「いえいえ、そんなつもりは」

「いい人なのよ、南天さんは。初めは片づけもできないどうしようもない奴だと思っていたけど、親に置き去りにされたという話を聞いてから、あたしの見る目は変わったの。貰われた先で犬ころのように扱われ、盗みの罪まで着せられてよ、それでも懸命に生きてきたのよ。愚図で駄目な人だけど、愚図は愚図なりに魂を持っていたのね。だから道も曲がらずに絵師の才覚を開かせた。あの人はもう少し歳を取ると、きっと酸《す》いも甘いも嚙み分けた立派な男になるわよ」

小夏の南天への熱情が、小次郎にも伝わったのか、

「小夏、おれもおなじ思いだぞ」

「まあ、旦那も」

「確かに南天は不甲斐ない奴かも知れんが、逆境にもめげずによくぞあそこまで、とおれは思っている。もはや取り返しはつかぬが、おれはあいつの若き日の過ちを、形はどうあれ、少しでも償わせてやりたいのだ」

十四

木綿商いを始めたと思《おぼ》しき惣助という男を探すのは、三郎三が言うように、大海に落ちた針を探すに等しい作業であった。

その上、惣助が確実に商いをしているという保証もなかった。五両を元手に始めたものの、頓挫《とんざ》して別の道へ行ったかも知れないのだ。

もしそうならすべて徒労ということになるから、三郎三はそれは考えずに突き進むことにした。

江戸の木綿店は大伝馬町一丁目に集中し、そこには五十軒ほどが軒を連ねている。むろんそのほかの町にもあるが、それを一軒ずつ当たるのは至難の業だ。

しかし三郎三は小次郎や小夏の期待に応えたいから、田ノ内伊織に頼んでお上に届け出の木綿商の記録を見せて貰い、それと首っ引きで調べに当たった。

三郎三が使っている下っ引きは、市松もそうだが、十代の若者が多くて頼りない。人が殺されたり、どうこうされたりというような事件探索ならまだしも、こういう商家筋を当たる仕事は不向きである。

そこで三郎三は神田界隈の同業の親分に頭を下げ、少し歳のいった分別のありそうな下っ引きを何人か廻して貰い、それで調べに当たった。やって来たそれらは皆、三郎三より年上だったから、使い難かった。

やがて判明したことは、三年前からこっちに木綿商いを始めた商人は七人であった。

そのうちの四人は店を出していて、氏素姓もしっかりしていた。主たちの年齢もおしなべて中年で、二十六の惣助には該当しない。

店を出した経緯も、本店からの暖簾分けや、大旦那の命で若旦那が独立して、という事情である。

そこで残る三人に詮議の目は向けられた。

二人はまだ店を持たない売り商いで、これは三郎三が南天を伴って陰から首実検《くびじっけん》をしたが、いずれも惣助ではなかった。

そして残る一人を南天は物陰から見て、顔色を変えた。

「あ、あの人です。あれが惣助さんですよ、親分」

「そうかい」

三郎三の表情が引き締まった。

これまでの苦労が報われる思いがして、三郎三は内心で欣喜《きんき》した。

十五

甲子屋弁蔵《きのえねやべんぞう》は、神田佐久間町《さくまちよう》二丁目に木綿商いの小店を出して二年になる。まだ表通りに店を張るほど出世したわけではないが、裏通りの今の店も悪くないと思っている。

ゆくゆく表通りに進出できたら、佐久間町のそこは分け店にするつもりだ。間口が狭くて奥行きもないが、こぢんまりとしてそれなりにまとまっている。

奉公人の数も四人ほど置けるようになり、まずは順調だと弁蔵は思っていた。

その前の一年はひとりで売り商いをしていて、さっぱり品物が売れずに苦労の連続であった。元手の五両などすぐに費消し、お先真っ暗の日々もあったのだ。

しかし強運に支えられ、弁蔵の小商いはある日を境にして軌道に乗ることになった。

行商をしながら谷中《やなか》の隠居所を訪れた時、亭主を亡くしたばかりの後家が現れ、見ず知らずの弁蔵を見て品物を買ってくれた。世を捨てたようなそんな後家が、着物を新調するとは思えなかった。

後家は六十を過ぎた白髪の老婆だったが、なぜか弁蔵のことを気に入り、またおいでと言ったのだ。

その言葉に甘えて再度訪れると、酒肴が用意してあり、老婆はうす化粧を施していて、弁蔵を迎え入れた。

それから老婆に誘われるまま、弁蔵は彼女と情交を持った。老臭が漂い、死臭さえ臭ってきそうなその後家は、逢瀬《おうせ》を重ねるごとに弁蔵に金を貢ぎ始めた。

それで弁蔵は、後家に抱えられた若いつばめを演じつづけた。

後家のくれる金が馬鹿にならない金額だったので、弁蔵は心中ひそかに、こいつはしこたま持っている、と踏んだ。

弁蔵という男は、その内面に多分に残虐性《ざんぎやくせい》と歪んだ性向を持っており、閨《ねや》で老婆を歓喜に導くことになんのためらいもなかった。そこにむしろ淫靡《いんび》な愉悦を見出し、手を抜かずに骸骨のような女体を攻め立てた。そのつど老婆は「極楽、極楽」と泣き叫び、若い弁蔵の背中に爪を立て、血を流した。

谷中通いが三月ほどつづくうち、老婆はぽっくり他界した。その以前から患《わずら》っていて、それでも弁蔵の肉体を求めてやまなかったのだ。

老婆に身寄りがないから、弁蔵がとむらいを出してやった。雑司ケ谷村のふた親のとむらいは面倒で逃げ廻っていたが、老婆のはねんごろにとむらってやった。

それは弁蔵の方に、しかるべき目論見《もくろみ》があったからである。

そして遺品の整理に着手した。

だが弁蔵が妄想を抱いていたほどの莫大な金は出てこず、十両とちょっとが手許に残っただけであった。当ては外れたが、それでもじり貧の商いを立て直すには十分な金高だった。

そして一年が過ぎる頃、佐久間町に小店の出ものがあったのでそこへ移り住み、甲子屋の屋号を掲げて主に納まった。

運勢が開けてきたのか、商いも軌道に乗りだし、弁蔵はまさに得意の絶頂にいたのである。

その日は店を早仕舞いにし、奉公人に後を頼んでひとりで家を出た。

ぞろっとした小袖を着て、弁蔵はどこかの若旦那のような風情である。

暮れなずむ空は茜色《あかねいろ》で、それがいかにも煽情的《せんじょうてき》な感がして、弁蔵の心を蠱惑的《こわくてき》に浮き立たせた。

和泉橋《いずみばし》を渡って神田川を越え、柳原土手《やなぎはらどて》へ向かう。

そこの闇に潜む夜鷹《よたか》を抱くことが、弁蔵の目当てであり、ひそかな愉しみであった。

なぜか吉原《よしわら》や岡場所のまともな女郎を抱く気にはなれず、厚化粧に年齢と過去を塗り込め、病んでさえいる肉体をひた隠しにして客を取る彼女たちが、弁蔵は好きだった。

それは単に弁蔵の偏《かたよ》った性癖というのではなく、彼自身がそうした病んだ心の持ち主であり、腐敗した夜の闇の女たちを抱いていると、不思議と気持ちがやすらぐからである。

彼にとって、谷中の老婆という存在が強烈な原体験となっていて、腐敗した果実こそが一番のご馳走だと思っていた。だから若い夜鷹は目に入らず、痛々しいほどに老醜を晒《さら》した女が好みだった。それも崩れた美形ではなく、不器量な女ほど彼の歪んだ性欲を満たしてくれるのだ。

土手の下の道を、老醜を探してさすらい歩いた。

声をかけ、すり寄って来る若い夜鷹を払いのけて突き進む。

すると、奇妙な光景に出くわした。

一人の夜鷹がこっちに背を向けて座っているのだ。

後ろ姿では何もわからなかった。浴衣の柄は派手めだが、老いた夜鷹ほど若作りをするものだ。

顔が見たくてたまらなくなり、皺だらけの老婆を期待して女の前に廻り込んだ。

とたんに、くぐもったような驚きの声が弁蔵の喉の奥から発せられた。それは恐怖の雄叫《おたけ》びに近いものだった。

「うぐわっ」

尻餅《しりもち》をつき、腰で逃げる。

女が躰の向きを変え、じっと弁蔵を見た。

「どうして、なぜだ、生きてたのか」

弁蔵が叫んだ。

それはある人から死んだと聞かされたお鈴であった。

闇から誰かの手が伸び、すっとお鈴の首に触れた。すると復顔像が胴から離れ、弁蔵の方へごろごろと転がってきた。

弁蔵が声にならない声で叫び、手足をばたつかせ、生首からやみくもに逃げんとする。

暗がりから二つの影が、すっくと立ち上がった。

小次郎と南天である。

そして弁蔵を取り巻く周辺の闇に、三郎三と市松ら下っ引きたちが退路を塞いでずらっと姿を現した。

「惣助さん、わたしですよ。よっくこの顔を見て下さい」

南天が近寄って来て言った。

「お、おまえは三之助じゃないか」

弁蔵こと惣助が、驚愕の目を見開く。

「どうしてわたしがここにいるかわかりますか」

「何を言ってるんだ、おまえは。これはいったいなんの真似だ」

「お鈴はなぜ死んだんですか」

「お鈴だって？……知らないね、あたしは何も知らない。なんのことを言ってるのかさっぱりわからないよ」

小次郎が三郎三にすっと目でうながした。

三郎三がうなずき、市松らに、

「痛い目に遭わしてやれ」

命じた。

市松と下っ引きらが一斉に惣助に群がり、乱暴に殴る、蹴るを始めた。

惣助の襟首をつかんで引き廻し、地べたへ叩きつける。その頭を踏んづけ、腹に強《した》かに蹴りを入れる。鉄の棒で口許を殴打し、前歯の何本かを折る。鼻を叩いて鼻血を噴き出させる。

たちまち惣助の顔面が血だらけになり、髷の元結《もとゆい》が外れてざんばらになった。

「よせっ、やめろ、どうしてこんなひどいことを」

地を這い、惣助が必死で逃げかかった。

小次郎がその前に廻り込み、しゃがみ込んで惣助の顔を覗き込んだ。

「お武家さんは誰ですか。こんなことをされるいわれはないんですよ」

惣助が血走った目を上げて言った。

「三年前の七月朔日の晩、おまえはお鈴をどうしたのだ」

惣助の顔が険悪に歪んだ。

「どうしたと聞いている、答えろ」

「………」

小次郎がすらりと刀を抜いた。

それを見た惣助が慄然《りつぜん》となり、命乞いをする。

「た、助けてくれ、助けてくれ」

「お鈴をどうしたのかと聞いている」

小次郎の追及は執拗《しつよう》だ。

惣助が起き上がり、躰を丸めるようにしてうずくまった。袖で顔面の血を拭っている。

「があっ」

突然、惣助の口から悲鳴が上がった。

三郎三が背後から、惣助の肩先を十手で打撃したのだ。

「とっとと言え、こちとら気が短えんだ」

「………」

進退窮《きわ》まった惣助が、くくっと嗚咽《おえつ》を漏らした。

全員が惣助を注視し、無言の圧迫を加えている。

惣助が両手を地に突き、泣きだした。

その右手の甲に、小次郎が無造作に剣先を突き通した。

「うう っ……」

あんぐりと口を開けたまま、惣助はあまりの激痛に叫び声も出ない。

「もはやおまえに逃げ道はない。亀甲屋から盗んだ五両の件だけでも重罪だ。すみやかに罪を認め、お鈴の行方について話すがよいぞ」

静かだが、凄味のある口調で小次郎が言った。

その目に怒りの炎が渦巻いている。

惣助は痛みを怺《こら》え、わなわなと全身を震わせている。

やがて小次郎が刀を引き抜くと、一気に鮮血が迸《ほとばし》り出た。

市松がすばやくすり寄り、手拭いで惣助の手首を縛って止血してやる。

「……あ、あたしはお嬢さんのお鈴に恋慕してました。本当はあんなお嬢さんは好みじゃなかったんですが、お鈴は違っていました。なぜか、狂おしいまでの恋心を感じたんです」

惣助が告白を始めた。

小次郎が南天を見ると、南天は紙のような白い顔になっている。

「だから三之助からお鈴との仲を聞かされた時は、はらわたが煮えくり返って、添い遂げさせてなるものかと……けどそんなことはおくびにも出さずに、親切ごかしに三之助に接して、何食わぬ顔で奴の悩みを聞いてやっていたんです」

惣助の裏面を聞かされてはいたものの、本人の口からそれを聞き、南天は改めて愕然となり、

「そうだったのか……あんたはなんて腹黒い男なんだ」

声を震わせて言うと、惣助はふてぶてしい笑みを浮かべて、

「運よく旦那さんに拾われた野良犬同然のおまえに、お鈴を取られたことが悔しくてならなかったよ」

南天は何も言わず、怒りの目で惣助を見ている。

「それで、何も知らぬこの男はおまえに駆け落ちの日取りを打ち明けたのだな」

小次郎が言った。

惣助は微《かす》かにうなずくと、

「それを聞いて、お鈴をわがものにする決意をしたんです。そしてその日がきて、店から忍び出て行くお鈴の後を追い、お稲荷《いなり》さんの所で捕まえたんです」

「捕まえてどうした」

南天が問い詰める。

「捕まえて暴れるお鈴を縛りつけ、猿轡《さるぐつわ》を嚙ませてお茶屋さんの空家へ連れ込ん

だんだ。ほら、その前におまえにも見せた潰れた小店だよ。このくらいの店の主になるのが手始めだと、おまえに言ったね」

「そんなことはどうだっていい、連れ込んでどうしたんだ」

南天が惣助の胸ぐらを取った。

「汚してやったさ。お鈴の躰を思いのままにしたよ」

その言葉が終わらぬうち、逆上した南天が惣助に飛びかかって殴った。体勢を崩すのへ馬乗りとなり、南天が殴りつづける。

そんな烈しい南天を見たことがないから、小次郎も三郎三も唖然《あぜん》となっている。だが止める者は誰もいなかった。

「そ、その二日後におまえは店の金を持ち出して逃げたそうだな。その間、お鈴はどうしていたんだ」

そう言いながら、激昂して夢中になった南天が惣助の首を絞めたので、それは下っ引きたちが寄ってたかって止めた。

南天が引き離され、惣助は咳込んで苦しそうに喘《あえ》いでいたが、

「……七月三日に帳場の金を持ち出して、空家に閉じ籠めておいたお鈴を連れて逃げた。それから見当をつけておいた無人寺へ行って二人して隠れ住んだんだ。あの

時は今までで一番楽しかった。お鈴はもう考える力も失せて、あたしの言うままの人形さ」

「おまえは人でなしだ」

下っ引きたちに押さえられている南天が怒号した。

惣助はうす笑いで、

「三日三晩、お鈴と蜜月を過ごしてるうちに、あたしは急に飽きちまった。お鈴の顔なんかもう見たくなくなったんだ」

「飽きただと」

小次郎の声が厳しさを増して、

「それで、どうした」

「深川の佃新地《つくだしんち》に顔見知りの廓《くるわ》の亭主がいましてね、そこへ……」

「お鈴を売りとばしたのか」

冷眼人を刺す目で、小次郎が惣助を見据えた。

惣助が曖昧にうなずく。

「許せん」

小次郎が再び刀の柄《つか》に手をかけた。

その前に三郎三が、必死の目で立ちはだかった。

「旦那、ここで斬っちまったらつまらねえですよ。この野郎にはもっと地獄の苦しみを味あわせてやりやしょうぜ」

「……」

一瞬だが、小次郎と三郎三が睨《にら》み合った。

やがて小次郎が冷笑を浮かべた。

「ふん、おまえに止められるとはな」

「お許し下せえ」

小次郎の躰から殺気が消えた。

「佃新地の廓の名を明かせ」

吐き捨てるように、小次郎が惣助に言った。

「松月樓《しょうげつろう》といいます。半年ばかり前に亭主の呂九蔵《ろくぞう》から知らせがあって、お鈴が病気で死んだと聞かされました。だからその後のことは何も知らないし、あたしは関わりないんですよ」

再び小次郎の刀が鞘走《さやばし》った。

もう三郎三は止められなかった。

惣助の切断された片腕が、血の糸を引いて神田川の闇へぶっ飛んで行った。

身をひるがえし、小次郎が消えた。

十六

松月樓の呂九蔵には説教癖があり、女房を亡くした今は抱えの女郎を前にして、訓話めいた話を施すのを習いとしていた。

呂九蔵の歳は四十で、狒々《ひひ》のような赤ら顔である。

しかも呂九蔵は酒が入っているから長々とした説教になり、前に座らせられたお茶っ引きの女郎たちは、話がよくわからないから聞きながら眠ったりする。するととたんにびんたが飛んでくる。

話すことはいつもおなじで、呂九蔵が勝手に作った女郎心得なるものである。

脇目もふらずに女郎奉公に励め。他の商売をうらやましがってはいけない。親方を第一と考え、神のように崇《あが》めねばならない。朋輩とは常に睦《むつ》まじく、間違っても諍いなどを起こしてはいけない。朋輩とはたがいに堪忍の二文字を忘れてはならない。愛想をよくし、客の関心を買い、親方が第一なら客は第二と心得よ。

そんな都合のいい御託《ごたく》を、酒の勢いを借りてくどくどと並べ立てる。聞かされている女郎たちの方はたまったものではない。

その夜は女郎のほとんどに客がつき、呂九蔵の前に座っているのは万年お茶っ引きのお里《さと》である。色の真っ黒な豆狸《まめだぬき》のような娘だ。

「いいな、こんないいことを言ってくれる親方はほかにいねえぞ。おめえも縁あってここへ来たんだ。恩義を忘れねえで今後も奉公に励めよ。それが何より国のお父つつぁんやおっ母《か》さんが希《のぞ》んでることなんだ」

茶碗酒を干したところで、呂九蔵の目にかっと怒りの朱がさした。

うつらとろりと、お里が居眠りを始めたのだ。

「こ、この罰当たりが」

お里に飛びついてびんたを見舞った。

「あっ」

膝を崩したお里が、打たれた頬に手を当てた。鼻血がすうっと垂れる。

「てめえ、よくもおれの目の前で居眠りを。肝のふてえ阿魔《あま》だな。親方を馬鹿にしてるのか」

「堪忍して下さい、堪忍して下さい」

お里が懸命に手を突いて詫びる。

「うるせえ、堪忍ならねえ」

女郎の顔は商売道具だから、呂九蔵はいきり立ってお里の腹をどすどすと蹴りつけた。

畳に伏してお里が謝りつづける。

「もういい、てめえの面なんざ見たくもねえ。ほかのを呼んで来い」

「まだ、お客さんが……」

「馬鹿野郎、客がけえった順に呼んで来りゃいいんだ」

「へ、へえ」

お里が逃げるように出て行った。

「まったく、出来損ないのすべたが……」

ぶつくさ言いかけ、酒が空なのに気づき、

「おい、酒だ」

言ったものの、賄《まかな》いの婆さんがもう帰ったことを思い出し、仕方なく酒を取りに立ちかけた。

そこへ徳利を持った小次郎が悠然と入って来た。

呂九蔵が目を剝いて、

「な、なんだ、おめえさんは」

小次郎は無言で呂九蔵の前に座ると、茶碗に酒を注いで、

「有難い御託をおれも聞かせて貰った」

呂九蔵はうろんげな表情で小次郎を見ながら、

「客なのか、おめえさんは。だったら帳場へ来て貰っちゃ困るな。おれと差し向かいんなったって、面白くもなんともあるめえによ」

小次郎は呂九蔵の言葉になど耳を貸さず、まったく違う話を始めた。

「反物を織る時、機織《はたおり》に経糸を据えつけながら、一方で緯糸を織ってゆく。縦糸は織るにつれ、しだいに見えなくなってくる」

「あん？　なんの話をしてるんだ」

「畳というものもな、よい畳か悪い畳かは表に使われる藺草《いぐさ》では決まらぬものだ。やはりなかに織り込まれた経糸でそれが決まる」

「いってえ何を言いてえんだ、おめえさん」

「ゆえに人の偉さは表ではわからぬ。その人が持つ経糸で決まるのだ」

呂九蔵がじれてきて、

「おい、わけのわからねえこと言ってると人を呼ぶぞ」

「わけがわからぬか」

「ああ、わからねえよ。気は確かなのか、おめえさん」

「おまえのくだらぬ御託よりはましだと思うがな」

「かあっ」

「近頃の人間は経糸をなくしてしまったようだ。処世、身の処し方、人と人の接し方、思いやりや気遣い、そういうものがなくてはけだものと変わらぬではないか。うふふ、ちと説教臭いか。おまえのが移ったかな」

呂九蔵が目を尖らせ、

「まさかこのおれがそうだと言ってるんじゃあるめえな」

「実はそうなのだ、それを言いに来た」

「なんだと」

呂九蔵が殺気立ち、床の間の長脇差《ながドス》をたぐり寄せた。

「てめえ、もう一遍言ってみろ。このおれを舐めると承知しねえぞ」

「お鈴はどうして死んだのだ」

「なにい」

「病気と聞いたが、本当なのか」

「てめえ、なんだってそんなことを」

呂九蔵が怒り狂い、長脇差の鯉口《こいぐち》を切った。

だがそれより早く、小次郎が鞘ごとの刀でびしっと呂九蔵の手を止めた。

呂九蔵が長脇差を抜けなくなる。

「申せ。たった半年前のことだ、忘れたとは言わさぬぞ」

「お、お鈴がどうしたってんだ。あんな役立たずの女郎は見たこともねえ」

「どうして役立たずだったのだ」

「ここへ売っとばされてきたものの、嘆き悲しむばかりでどうしようもなかった。むりやり客を取らすと発作を起こして震えがくるんだ。それでもこっちも商売だからよ、強引に女郎をやらせたさ」

そこで下品な笑みになり、

「けどよくしたもんでよ、客んなかにゃ縛り上げられたお鈴を面白がって抱く奴もいやがるんだ。まっ、女郎なんざ男の慰み物、玩具《おもちゃ》だからな、それはそれで結構なんだがよ」

「そうこうするうちに病気になったのだな」

「ああ、迷惑もいいとこだぜ。だからおれぁ医者にも診せなかった。いつ逃げるか知れねえから、お鈴は年がら年中縛ったままでよ、そうして転がしときゃ客がつくんだ。役立たずのわりにゃ稼がせて貰ったぜ」

「それで半年前に死んだのか」

「そうだ。朝んなったら息をしてなかったのさ」

「死骸はどうした」

呂九蔵が狼狽し、

「そ、そんなことまでてめえに言う必要はねえ。とっととけえらねえと痛え目に遭うぞ」

「菰にくるんで不忍池に捨てた。そうだな」

「黙りやがれ、この野郎」

呂九蔵がさっと一方へ身を引き、そこで長脇差を抜いた。

小次郎が立ち上がり、抜刀して即座に呂九蔵に対峙《たいじ》する。

その気魄《きはく》に呑まれ、呂九蔵は圧倒されて、

「ちょっ、ちょっと待てよ。てめえ、何しに来やがったんだ。女郎一匹の生き死にがそんなにでえじなことかよ。よっく考えろ。女郎なんざおめえ、虫けらと変わらねえんだぞ」

ほざく呂九蔵が、次には「ぐえっ」と蛙の潰されたような声を出した。

小次郎の白刃が深々と呂九蔵の胸板を突き刺したのだ。

「な、なんでおれが……」

理不尽な目を向け、呂九蔵が言った。

「なぜかわからぬのか。この外道が。地獄の閻魔《えんま》にとくと聞くのだな」

「な、名乗ってみろ、てめえ」

「夜来る鬼――そう憶えておけ」

「なあっ、かなあ……」

言葉にならない言葉をつぶやき、呂九蔵がずるずるとその場に崩れ落ちた。

その時には、小次郎の姿は忽然《こつぜん》と消えていた。

二階座敷から、女郎たちのけたたましい笑い声や手拍子が聞こえてきた。

それはまるで、呂九蔵の死をみんなして喜んでいるようであった。

第二話　なさぬ仲

一

湯島天神門前町《ゆしまてんじんもんぜんちょう》には、会席即席《かいせきそくせき》や祇園豆腐《ぎおんどうふ》などの名代《なだい》の店があり、朝に夕に大層な賑わいである。

ちなみにこの頃の湯島天神の社地は、二千五百九十三坪となっている。門前町から妻恋坂《つまこいざか》を下って行くと、さらに男坂《おとこざか》となり、その坂の途中に鰹節問屋《かつおぶしどんや》の「永楽屋《えいらくや》」はあった。

永楽屋は鰹節のほかに塩干魚《しおぼしざかな》を手広く扱い、それが重宝がられて販路を広げ、儲けにつながった。また卸《おろ》しだけでなく、店頭での小売りにも応じているから、店は常に賑わっている。

塩干魚は主の源太郎《げんたろう》が深川の漁師町に渡りをつけ、当初はそこへみずから大八車を牽《ひ》いて仕入れに行っていた。それで鮮度の高い干魚を売るということで評判を取ったのである。

奉公人の数こそ十五人と、まだ店の格としては小さいが、勢いを感じさせ、ゆくゆくは大店になると誰もが予想している。

源太郎は元々鰹節の行商をしていて、そこから叩き上げ、五年前に今の男坂の店を借りて商売を始めた。

それが三年前辺りから商いが軌道に乗りだし、やがて店を買い取り、奉公人も増やしていったのだ。

二十八になる源太郎に女房はなく、唯一の身内は福松《ふくまつ》という六つになる伜だけである。これがいたずら盛りで手がつけられないのだが、福松はただの悪たれにあらず、利発な面も大いにあって、また顔立ちが可愛いから近所から愛されてもいる。憎まれっ子では決してないのである。

鰹節は誰もが知っているように、煮出汁《にだし》の原料として用いるが、田麩《でんぶ》などの加工品にも使っている。その歴史は旧く、先史以前から鰹を食用にしていたことは数々の出土品からも証明されている。江戸のこの頃は紀州《きしゅう》、土佐《とさ》、あるいは房州産が最良とされていた。製法は燻乾法である。

「ちょいと源太郎さん、精が出るね」

そう声をかけ、しゃきしゃきした女が店へ入って来た。

奉公人たちが笑顔で迎える。

女はお国《くに》という中年で、畳表問屋今津《いまづ》屋の女房である。亭主の半右衛門《はんえもん》が世話好きで町内のまとめ役をやっているのだが、お国もそれに輪をかけたお節介焼きなのだ。

帳場にいた源太郎が席を立ち、お国にそつなく応対しながら、店つづきの小部屋へ案内した。今津屋夫婦は町内の顔役のようなものだから、ないがしろにはできないのである。

女中が茶菓子を持って来ると、お国は遠慮せずにそれに手をつけ、ばりばりと煎《せん》餅《べい》を齧《かじ》りながら、

「相変わらず商売繁盛で結構じゃないか、源太郎さん」

「いえいえ、食ってくのがやっとでございますよ」

面長で渋い顔立ちの源太郎が、商人言葉を使ってお国に話を合わせる。

「それにしてもよくここまで出世したもんだよ。五年前に店を始めた時は、おまえ

さん奉公人もいなくって、福松ちゃんをおんぶして商売してたんだからさ」

「漁師町へ仕入れに行く時も福松をおぶってましたからね、あの時は大変でした。雨の日は泣きたくなりましたよ」

「六つだろう、今年」

「そうなります」

「どうかしら、おっ母さん」

「へっ？」

「福松ちゃんのおっ母さんだよ。おまえさんだっていつまでも独りでいるわけにゃいかないじゃないか」

「へえ、まあ、ですが今んところは……」

源太郎が曖昧に言って口を濁す。

「あのね、いい人がいるんだけど、どうかしら」

お国が探るような目になって言った。

「縁談でございますか」

「二十五で独り身。一度亭主を持ったんだけど事情があって別れてね、今は山下《やました》で髪結床の手伝いをしてる人なんだよ」

「はあ……」

「おまえさんのことを話したら乗り気んなって、是非とも引き合わせて貰いたいって。福松ちゃんのことも言ったんだけど、子供は好きだから一向に構わないそうなんだ。きっといいおっ母さんになると思うよ」

「あのう、お国さん」

「あたしが解せないのはさ、おまえさんいつまで経っても前のおかみさんのこと、詳しく言ってくれないよね。水臭いじゃないか」

「いいえ、ですから以前にもお話ししましたように、死に別れだと」

「嘘おつき。だって墓参りなんか行くの、あたしゃ見たことないもの」

「それは、そのう」

「いいんだよ、深いわけがあるんだろう。けどあたしが見てる限り、福松ちゃんのおっ母さんが戻って来ることはまずないね。あんたを見てりゃわかるもの。女っ気なんて、まるっきりないんだから」

「へ、へえ、そいつぁ確かに……」

「どうかねえ、源太郎さん、考えてみちゃくれないかしら。これは福松ちゃんのためにもなることなんだよ」

「へえ、まあ、決心がつきましたら」

「うん、頼りないんだから。いいかえ、この話はどうしてもまとめてみせるからね。そのつもりでいとくれよ」

息巻くようにして言い、それでお国は帰って行った。

源太郎がうんざり顔で店へ戻りかけると、近くで物音がしたのでふっと見やった。

唐紙の陰に福松が立っていた。庭の方から上がり込んだようだ。

福松の着物は汚れ放題で、顔にも泥がついている。一日中家にいたためしがなく、外で遊んでばかりの福松なのだ。

「どうしたい、珍しいじゃねえか、明るいうちにけえって来るなんてよ」

「腹が減った」

「食いっぱぐれたのか」

「いつも飯を出してくれる与吉《よきち》んちが、今日は親戚の集まりで出かけちまった」

「そうか、わかった」

台所へ連れて行き、源太郎は福松に飯の支度をしてやる。

「おいら、嫌えだ」

冷や飯を食らって沢庵《たくあん》をぽりぽり齧りながら、福松が言った。

「なんのこった」

「今津屋のくそ婆あだ。あっちこっちで余計なことばかり喋くりやがって」

「ははは」

「新しいおっ母さん、貰うのか」

「聞いてたのか」

「やめてくれよな」

「いけねえか」

「そんなものいらねえ。おいら、おっ父うだけで十分だ」

源太郎が苦笑し、

「そのつもりはねえから安心しな」

「本当か」

「おれもおめえがいれば何もいらねえよ」

「それでいいぜ」

飯で頬を膨らませながら、福松がにっこり笑った。

二

仕事が終わると、源太郎は余人を挟まずに福松と差し向かいで晩飯を食べることにしている。

その日どこへ行って、誰と何をして遊んだか、福松は事細かに話し、それをきちんと聞いてやることが源太郎の日課になっている。

そして飯のあとは二人して内湯《うちゆ》に入る。

内湯は江戸の家々によくある鉄砲風呂《てっぽうぶろ》で、源太郎は福松の躰《からだ》を丹念に洗ってやる。

湯から上がると福松はもう寝床へ入り、そこで源太郎に読本を読んで貰う習わしだ。猿蟹合戦《さるかにかっせん》や花咲《はなさ》か爺《じい》さんはもう飽きて、近頃では源平盛衰記《げんぺいせいすいき》に興味を示している。なぜか福松は源 義経《みなもとのよしつね》が大好きで、それはおいらに似ているからだと言う。

源太郎は嘘つけと思いながら、取り合わないことにしている。

福松が眠りにつくと、ようやく源太郎は育児から解放され、気が向けば町内の居酒屋へ足を運ぶ。

店の屋号は「みちくさ」といい、お若《わか》という女将がやっている。名前はお若だが、もう五十を過ぎた皺くちゃである。

その日も店は常連客が集まっていて、源太郎は賑やかに迎えられ、いつものように座に溶け込んで酒を飲んだ。常連は町内の商家の主や番頭たちだ。

ほかに職人の客が二人と、奥の小上がりに衝立《ついたて》に隠れて男が一人、こっちに背を向けて酒を飲んでいた。

そのうちお若も加わり、源太郎の隣りに座ってひそひそ話を始めた。

「今日さ、あんたんちに今津屋のお国が行ったろう」

小声で言った。

お国とお若は仲が悪いのだ。

うなずく源太郎に、お若が追いうちをかけて、

「上野で髪結やってる女の縁談話だね」

「よく知ってるな」

「その女はやめた方がいい。食わせもんなんだ。あたしゃある筋からその女のこと知っててね、狙いはきっと金目当てさ。お国は何も知らないで騙されてんだよ。人を見る目がないからねえ、あの女は。大馬鹿者さね」

「まあそう言いなさんなって、女将さん。あたしはどのみちその縁談に乗るつもりはないから」

「おや、そうかい。そりゃよかった。安心したよ。あたしゃおまえさんにだけは幸せになって欲しいんだよ」

お若にどれだけの誠意があるかは知らないが、その話を聞いてほっとした。福松にも言ったように、元より源太郎にその気はないのである。

そのうち常連たちが大声で唄い出し、手拍子がやかましいので、源太郎は小上がりへ避難した。

そこへお若が酒肴を運んでくれる。

ちびちびと飲み出すところへ、すうっと衝立が動いて、そこで飲んでいた男の客がこっちへ顔を向けた。

「久しぶりだね、源太郎さん」

「………」

源太郎の顔から血の気が引いた。

男はお店者《たなもの》風の身拵《みごしら》えで、一見堅気らしく作ってはいるものの、右頰に一寸ほどの刀疵《かたなきず》があり、目つきは洞穴のように暗くて陰惨だった。

源太郎はその男をよく知っていたのだ。

三

その男の死骸は湯島聖堂裏の雑木林に、無造作に投げ込まれてあった。高い木々に覆われたそこは日が遮《さえぎ》られて昼でも暗く、死骸は腐葉土の上にうつ伏せになっていた。じめじめと湿気臭く、陰気な場所である。

岡っ引きの三郎三が、下っ引きの市松をしたがえて駆けつけて来た。

そのあとから、牙小次郎がゆっくりとついて来る。

死骸を発見したのは聖堂で働いている下男たちで、それらが青い顔で三郎三たちを迎えた。

小次郎と三郎三が一緒にいるところへ、市松が事件を知らせに来て、そのゆきがかりで小次郎もこの現場へやって来たのだ。

下男たちの証言では、下手人らしき者の姿は見ておらず、昨日の昼には死骸はなかったから、昨夜から今朝にかけて投げ捨てられたのではないか、ということである。

「親分、仰向けにしねえと顔が見えねえ」

死骸に触るのが嫌なので、仰向けにしてほしいと市松が言う。

三郎三も嫌だから、

「おめえがやれよ」

「いえ、あたしはちょっと事情が……」

「なんの事情だよ、馬鹿野郎。とっとと仏の面をこっちへ向けろ」

「嫌だなあ」

そばに屈《かが》み、市松が見ないようにしながら死骸をごろりと動かした。

小次郎が死骸に屈み、人相風体を調べる。

男はお店者風の身拵えで、堅気らしく作ってはいるものの、右頰に一寸ほどの刀疵がある。

それは三日前の晩、居酒屋「みちくさ」で源太郎に声をかけたあの男であった。

「この仏の歳は二十半ばすぎであるな。顔の刀疵は刃物によるもので、それもかなり旧い。木綿の着物はお店者のようではあるが、そこいらの古着屋で調達したものかも知れん。おお、これは……」

男の右腕をまくった小次郎が、ある部分を三郎三に見せた。

上腕に二本筋の入れ墨が彫られてある。

入れ墨刑は盗犯に加えられる属刑で、正刑の敲《たた》き刑、追放刑などの付加刑として行われるものだ。つまり前科者としての証《あかし》に入れ墨を彫るわけで、勇み肌の火消しや職人が彫るのは彫物《ほりもの》といい、入れ墨とはいわないのである。

「てえことは、こいつぁ堅気じゃござんせんね。入れ墨のお蔭で素性もすぐに知れやさ」

「うむ」

「どうやって殺されたんですか、牙の旦那」

市松が脇から聞く。

それに応え、小次郎が男の躰を調べる。

躰に刺し疵はなく、出血は見られない。次に頭部に触れて小次郎は妙な顔になり、髷の元結を外して髪をばらした。そして後頭部にぐっと見入った。そこに陥没が見られ、出血もある。

「頭の後ろから堅いもので何度も殴られている。恐らく頭の骨も折られていよう」

「つまり殴り殺されたってことですね」

三郎三が言った。

それには答えず、疵の深い所に手を差し入れた小次郎が、血に染まった小さな木片のようなものを取り出した。それを懐紙に包み、三郎三に差し出す。

「それは殴打した時に道具の先が砕けたのであろう。それがなんであるか、医者に調べて貰うのだ。さすれば殺しの道具が判明する」

「へい」

小次郎は手拭いで手の汚れを拭い、立ち上がると、

「いずれにしてもこの者は、ろくな渡世《とせい》を送ってきてはいないはずだ。人の怨みを買っているかも知れんし、殺される理由は幾つもあるのではないのか」

「賭場《とば》のいざこざですかね」

三郎三の問いに、小次郎はかぶりをふり、

「やくざ者ならまず匕首か、長脇差か、あるいは首を絞めるか。また六尺棒で殴り殺したのなら全身に打ち身があるはずだ。しかしそれはない。この殺し道具は、ちと変わっているな」

そこでそっと顎に手をやり、

「はて、なんであろうか……」

興味深げに言った。

四

その晩の線香問屋翁屋《おきな》の奥の間は、まるで通夜のようであった。

上座の主夫婦の前に、三十人ほどの奉公人がうなだれて座っている。

主夫婦は加兵衛《かへえ》、お蔦《つた》といい、三十一の同年齢で、苦労つづきのせいか、早くも共に髪に白いものが混ざっていた。

加兵衛は「ああっ……」と大きな嘆きの声を吐くと、

「とうとういけないよ、くるところまできちまった。今宵限りで線香の火が消えます。線香問屋の火が消えるんです」

奉公人たちは一様に沈痛な面持ちで、なかには啜り泣いている者もいる。

「みんな、長いことご苦労さんだったね。金繰《かねぐ》りがつかなくなって、にっちもさっちもゆかないから今日で店を閉めることにしたよ。本当にねえ、あたしの力が足りなくって申し訳ない……」

くくっと鼻を詰まらせ、「かあっ」と鴉《からす》のようにひと声泣いた。

加兵衛につられ、一同がおおっぴらに泣き声を上げる。

お蔦だけが気丈に、冷静に、

「人の世の浮き沈みはしょうがないさ。みんなのことは忘れないからね」

細面《ほそおもて》のお蔦が唇を嚙みしめ、負けまいとするかのように、

「これはほんの餞別《せんべつ》のつもりだよ。何かの足しにしておくれ」

薄い金包みを一同に配り始めた。

奉公人たちがざわつき、

「そんなおあしは貰えません」

「おかみさんこそ何かの足しにして下さい」

などと口々に言い募るのへ、

「一度出したものは引っ込めるわけにゃいかないよ」

お蔦が言い返し、むりやり金包みを握らせて行く。

加兵衛はその場の空気に耐えられず、奥の間を出て廊下を行き、居室へ向かった。

すると暗がりから女中のお清《きよ》が小走るようにして現れた。髷を桃割れに結ったまだ十六の小娘である。どこから来たのかわからないが、お清は「旦那様」と泣き腫らした目を上げてひと言言い、奥の間の方へ立ち去った。

「………」

それを悲しい目で見送り、加兵衛は突き当たりの居室へ入った。

小机の上にすぐ目が吸い寄せられた。

紙に包まれたものが置いてあった。

「なんだ、これは」

それを取り、なかを開いて仰天した。

小判だ。

がさがさと震える手で小判を数える。

「そんなあ……」

またまた仰天した。

そこへお蔦が入って来た。

「おまえさん、なんで行っちまうんだい。みんながまだ別れを惜しみたいって言ってるんだよ」

「お蔦、その必要はなくなったよ」

「ええっ」

「これを見なさい」

小判の包みを突き出した。

お蔦は信じられない目でそれを受け取り、やはり震える手で数えて、

「お、おまえさん、ぴかぴかの小判が五枚もあるよ。いったい誰が施してくれたのさ」

「わからない。たった今、ここに来たら置いてあったんだ」

「部屋に出入りした者は」

「廊下でお清とすれ違ったけど、厠《かわや》へ行ってたのかも知れない。あいつがこんなことするわけないだろう」

「気味が悪いよ、おまえさん」

お蔦が怖気《おぞけ》をふるうと、加兵衛も張り詰めた面持ちで、

「おい、お蔦、前にもこういうことがあったね」

「うん、忘れもしない二年前の大晦日《おおみそか》さ、その時も商いに行き詰まって、高利の金を借りようかどうしようかって、ここで二人で思案にくれてたんだ。そうしたら――」

「庭先からちゃりりんと小判の音が」

「出てみたら、踏み石の上に今日とおなじ五両が置いてあった」

「その時も誰の姿もなかったね」

「おまえさん、これはきっと誰かがあたしたちのことを陰から見守ってくれていて、助けてくれてるんだよ」

「二年前は本当に大助かりだった。あの五両で急場を乗り切れた。けど今度はもういけないと思っていた。それがまた……」

「二度目となると、どうしたものかねえ。お上に届けた方がいいのかしら」

迷うようにしてお蔦が言うと、加兵衛は決断の目になって、

「いいや、今度も有難く頂戴しておこう。五両もあれば店を立て直せる。みんなにもこのまま働いて貰える」

「怒られないかしら」

「誰が怒ると言うんだ。これはあたしたちに下されたものなんだよ。そう考えようじゃないか」

「嬉しい、よかった」

お蔦が五両を握りしめた。

「そうと決まったらみんなを引き止めてきなさい。気の早い奴はもう出て行っちまうよ。さあ、早く」

「は、はい」

お蔦が行きかけ、戸口で見返って、

「でもおまえさん、みんなにはなんて言ったら……五両が天から降ってきたとは、まさか言えないよね」

「そんなことはね、なんとでも言い繕《つくろ》えるからいいんだよ。明日から翁屋は生まれ変わるんだ」

五

湯島聖堂裏で発見された死骸は、本所回向院《ほんじょえこういん》の炭小屋へ運ばれ、板の間に横たえてあった。

田ノ内伊織は男の入れ墨を手掛かりに、奉行所の犯科録を調べ、人相特徴を同役たちに聞いて廻った。一方で三郎三は犯科人上がりの奉行所の小者《こもの》たちに死骸の首実検をさせた。

それやこれやで、ようやく男の身許が判明した。

男はその名を丑之助《うしのすけ》といい、以前は盗みや乱暴を働いて何度もお上の厄介になったが、この数年はおとなしくなり、地道な稼業についていた。入れ墨刑はその頃のものである。稼業は暦《こよみ》売りや竹箒《たけぼうき》売り、または飴《あめ》売りなどと一定しなかったが、前非を悔いて身を改めたのは確かなようだった。

丑之助にはお京《きょう》という女房がいたが、荒《すさ》んだ暮らしに嫌気がさし、お京の方から離縁していた。

しかし丑之助に寄る辺がないところから、急遽《きゅうきょ》お京が探し出され、回向院へ呼ばれた。お京は上野山下の髪結床で働いており、店にばれたらまずいので、お京が外へ出たところを見計らい、三郎三が兇音を告げた。

そうして店が終わった頃、お京は上野から本所へやって来た。

それを迎えたのは田ノ内と三郎三である。

お京は丑之助の顔を見るなり、泪ひとつ見せず、

「丑之助に間違いありません」

冷静に、淡々とした口調で言った。

女らしいやさしさや情愛が感じられず、お京は器量が整っているだけに冷たい印象を与えた。

まず最初に三郎三が口を切って、

「丑之助とは何年夫婦をやってたんだい、お京さん」

「一緒になったのはあたしが十七で、丑之助は二十でした。知り合った時、丑之助は蔵前《くらまえ》の札差《ふださし》の手伝いをしていました」

「それはどんな仕事なのだ」

田ノ内が問うた。

「札差で働いてるというと聞こえはいいんですけど、中身は体《てい》のいい借金の取り立て屋なんです。札差の生業《なりわい》は金貸しですから。丑之助は腕っぷしが強かったんで、それで雇われたんです。一緒になった当初は少しは金廻りもよかったんですが、そのうち丑之助は好き勝手をやり始めて、札差も馘《くび》んなっちまいました。元々が乱暴者だったんですね。あたしとも諍いの毎日で、すったもんだの揚句に三年で別れました」

「別れたあとはどうだ。会ったのかな」

再び田ノ内が聞く。

「別れて二年ほどして一度会いに来ましたけど、あたしがけんもほろろだったんで……でも風の噂では盗みをやって捕まったとか、人を疵つけたとか、ろくな話が聞こえてきませんでした。この何年かは音沙汰《おとさた》がないんで、あたしもこの人のことはほとんど忘れてましたよ。今ではつくづくと別れてよかったと思ってます」

「それじゃあ、なんで殺されたかなんてわからねえよな」

三郎三が聞いた。

「ええ、どこで暮らしてたのかも知りませんし、どんな人とつき合っていたのか……でもたぶんこの人のことだから、あっちこっちで人に怨まれてたんじゃありませんか」

田ノ内と三郎三が無言で見交わし合った。

「あのう、この人のとむらい、あたしが出さなくちゃいけませんかしら」

「いいよ、寺の方にもう話は通してある。無縁墓に入れて貰うよ」

三郎三が言うと、お京は一応は恐縮し、供養代を置いて、

「それじゃよろしくお願いします」

事務的に言い、さっさと出て行った。

すると隣室の襖《ふすま》が開き、小次郎が現れた。

三郎三に頼まれ、隣りで一部始終を聞いていたのだ。

「牙殿、今の女、どう思われる」

田ノ内が早速聞いてきた。

小次郎はうすす笑いを浮かべ、

「なんとも薄情な女ですな」

「うむ、確かにわしもそう思った。いかに丑之助が不身持ちであろうが、一度は惚れて暮らしを共にした仲ではないか。情を交わしたにも拘《かかわ》らず、ああいう不人情な女はわしには理解できん」

「しかし……」

言いかけ、小次郎が言葉を切った。

「旦那、何か」

三郎三が気になる目を向ける。

「何か、ひっかかるな」

「へっ？　ひっかかるって、まさかお京が殺しに関わってるとか」

「いや、それはない。それはあるまい。お京が丑之助に愛想づかしをして縁を切ったことは事実であろう。嘘偽りはない。襖一枚隔てた隣りにいても、あの女の偽らざる気持ちはひしひしと伝わってきた」

「だったら」

「それがなんなのか、おれにもわからん。しかし気になる女だ。今の姿が気になるのだ。あれは何かを秘めているぞ……」

わけがわからず、田ノ内と三郎三がきょとんと見交わした。

六

髪結床は店土間で仕事をする。

上がり框に客を座らせ、髪結はその後ろに廻って髷を結う。

お京の働く髪結床は女専門で、年増から年頃までの客が入り混じり、一日中華やかだ。

島田、丸髷、笄髷《こうがいまげ》、銀杏髷《いちょうまげ》、天神髷と、註文は種々雑多だから手間隙がかかる。

独り立ちの髪結が三人いて、お京を始め五人の手伝い役はてんてこまいである。

小次郎は向かいの蕎麦屋《そばや》の店のなかから、無表情にその光景を眺めている。

回向院で見せた酷薄な顔とは違い、そこでのお京は明るい。白い歯を見せてよく笑い、客をそらさない。

だが――。

小次郎はお京のその姿を信じていない。

(あれは嘘偽りだ)

そう思うのである。

もしそうでなかったらお京は可哀相だが、小次郎はおのれの眼力を信じている。人を見る目、特に女に関しては自信を持っているのだ。それは過去に女に騙されたとかふり廻されたとか、そういう体験があってそう思い込んでいるのではない。

佳人《かじん》であらば敬意を払うし、男よりも立派な女に出会えば平伏もする。

しかしお京のような女はなんと捉えたらよいのか、方策がない。それでも気になるのである。

回向院で見せた姿が本性だと思っているから、店でのお京は偽ものだと確信しているのだ。

あるいはそれはお京という女の身過ぎ世過ぎなのかも知れないが、お京が秘めているものが小次郎に伝わり、それで目が離せなくなつた。

そこへ畳表問屋今津屋の女房お国がやって来た。

お国は忙しく働くお京の様子を窺い、店先を行ったり来たりしてお京の目を引こうとしている。

やがてお京がお国に気づき、ほかの手伝い役にその場を任せて出て来た。

それがなんと、蕎麦屋の店先まで来て立ち話を始めた。

小次郎は少し慌てて二人に背を向け、冷めた茶を啜る。

「いい話なんだよ、お京さん。先様がね、おまえさんに会ってみるって」

お国が言うと、お京は声を弾ませて、

「そうですか」

と言った。

小次郎にはもう話の察しがついている。

「善は急げなんだけど、今晩はどうだろう」

「ええ、結構ですよ」

「それじゃ池之端《いけのはた》の花月樓《かげつろう》ってえ料理屋に、暮れ六つ（六時）に来ておくれな。あたしの今津屋の名前で席を取っとくから」

「承知しました。有難うございます」

「うふふ、いいってことさね。おめかしして出ておいで」

お京の肩をぽんと叩き、お国は満足げに立ち去った。

動悸が鎮まらないのか、お京はそこで娘のようにわくわくしていたが、やがて店へ戻って行った。

「………」

小次郎は相変わらずの無表情だ。

お京の幸せが、あまり面白くない。そんなはずはないと思っているから、憮然とした表情だ。

(昔の男が死んだばかりなのに、見合いをする気になれるものか……まっ、そういうこともありということか)

しかし得心ができない。

(見合いなど先延ばししてもよかろうに。よくそんな話に飛びつくものだな)

胸の内でぶちぶちとつぶやいた。

「幾らだ」

店の亭主に怒ったように言い、席を立った。

七

上野池之端は不忍池の端にあり、そこには会席即席、生蕎麦、料理の店などが軒を連ねている。

「花月楼」は鯉料理の店で、福松はそんなものは食べたことがないから、目の前に料理が並ぶたびに目をぱちくりさせている。

しかし大人たちの方はそれどころではなく、源太郎とお京は恥じらいで目も上げられずにいて、今津屋半右衛門、お国夫婦が座を円滑にしようと、絶えず世間話をしている。

それがひとしきり途絶えたところで、

「髪結の仕事は長いんですか」

源太郎がお京に、当たらず障らずに聞いた。

「いいえ、まだ始めて一年とちょっとなんですよ」

「馴れましたか」

「まだまだですねえ。お客さんの相手をしながら髪を梳《す》くって、結構大変なんですよ」

「この人はね、大層器用らしくって、女将さんも目をかけてるそうなんだよ」

お国が割り込む。

するとそれまでお京のことを一度も見なかった福松が、鯉の洗いを頬張りながら、

「おいらの髷も結ってくれるか」

そう話しかけてきた。

お京はくすっと笑って、

「ええ、お安い御用ですよ」

「源義経みてえにして貰いてえ」

「みなもと……誰ですか、それ」

「知らねえのか、源義経を」

「え、ええ……」

「お京さん、気にしないで下さい。こいつは読本にかぶれてるんですよ」

源太郎がそう取りなして、

「こんな席に子供を連れて来て、野暮な奴だとお思いでしょう」

「いえ、そんな」

「でもこいつが連れてけってうるさくて、音《ね》を上げたんです」

「福松ちゃん、なんでお父っつぁんと一緒に来たんだい」

お国が聞くと、福松はお国が嫌いだからぷいと横を向いて、

「おっ父うは女を見る目がねえ」

「おや、あんたはそうじゃないってのかい」

お国が面白がって聞く。

「あたぼうよ。海苔《のり》屋のお勝《かつ》ちゃんは気が強えし、豆腐屋のお竹《たけ》は泣き虫だ」

同い年の遊び友達を評した。

「福松ちゃん、じゃ、あたしは？」

お京が笑いを怺えて聞いた。

福松は怪しいものでもあるかのように、首をかしげてお京を見て、

「……わっからねえなあ、おいらの知らねえ女だ」

そう言ったあと、

「でも器量は悪くねえ。一緒に歩いたら、おいら恥ずかしいぜ」

「んまあ」

お京が思わず顔を赤くした。

「ませた子だね、この子は」

呆れたお国が声高に言い、それで一同が大笑いとなった。

一方、隣室では小次郎と小夏が、しんねりむっつりと酒料理を口に運んでいた。

お京のことが気になり、小次郎はここまで来てしまった。こういう店は一人では入りづらいから、それで小夏につき合わせたのだ。

「いい感じのお見合いじゃありませんか。話が弾んでますよ」

小声で小夏が言った。

小次郎は仏頂面《ぶっちょうづら》だ。

「入って来る時ちらっと見ましたけど、あのお京さんて人、なかなかですね」

「なかなかとは」

「ひと目でわかりました。あれは苦労人ですよ。何もかもわかってる人です」

「だから」

「あの親子には合ってると思いますね」

「ふん」

「介添え役の人がぽろっと漏らしたのを耳にしたんですけど、男の人の方は鰹節問屋の主らしいんですよ」

小次郎が聞き咎《とが》めて、

「む？ 今なんと言った」

「えっ、鰹節問屋ですけど」

「鰹節……」

その目がすっとあらぬ方へ流れた。

「それがどうかしたんですか」

「……」

「ねっ、旦那」

「い、いや、よいのだ。なんでもない」

「うまくいくといいですねえ、この縁談」

「そうかな。うまくいかない方をおれは希んでいるのだが」

「どうしてですか」

「お京という女が気に食わん」

「あの人のどこがいけないんです」

「どこがどうというわけではない。ともかく気に食わんのだ」

「旦那、それじゃあたしは？」

「おまえが、なんだ」

「気に食わんですか」

小次郎の口真似をして言った。

「おまえはよい、そのままで何も文句はないぞ」

「うふふ、すっかりお酒がおいしくなってきたわ」

小夏が立て続けに酒を飲んだ。

小次郎はそれきり何も言わず、じっと想念に耽っている。

八

小次郎が池之端から神田へ帰って来ると、石田の家の離れで三郎三が待っていた。

小夏とは途中で別れ、源太郎親子の後をつけさせて住居を突きとめるよう頼んでおいた。

「お京のことなんですが」

三郎三が早速切り出した。

「この何年も下谷同朋町《したやどうぼうちょう》の長屋に住んで、そこから山下の髪結床に通ってましてね、近所の話じゃ浮いた噂もなくて、お京は身持ちの堅え女ってことになってやすぜ」

「……………」

「死んだ丑之助とは湯島の三組町《みくみまち》に住んでおりやしたから、奴と別れて同朋町へ越したことになりやす。ですからどう考えても、お京は旦那が言うような悪い女とは思えねえんですよ」

「おれもな、あえてお京を悪い女にしたいわけではない。あるいは最初の印象が間違っていたのかも知れん」

「きっとそうですよ」

三郎三はなぜか安心して、

「それで、見合いの方はどうでしたか」

「それはなんとも言えまい。当人同士の思惑だからな」

「へえ、そりゃまあ」

そう言ったあと、三郎三はふところから懐紙に包んだものをうやうやしく取り出し、

「ところで旦那、こいつの正体がわかりやしたぜ」

丑之助の後頭部に突き刺さっていた木片のようなものを見せて、

「なんと、こいつぁ鰹節だったんですよ」

「なに」

小次郎が鋭い反応をした。

「下手人は鰹節で丑之助の頭を何度も何度も殴って死なせたんです。ですから確か

に旦那が言われるように、一風変わった殺しの道具ってえことになりやさあ」

「……」

「旦那、何か」

小次郎は考え込み、無言だ。

そこへ渡り廊下から小夏が来た。

「旦那、只今戻りました」

「親子の所はどこであった、小夏」

小次郎が聞く。

「へえ、湯島の男坂でしたけど。屋号は永楽屋といって、ちゃんとした店でしたよ」

「女将、そいつぁなんのこった」

三郎三が訝しく問うた。

「お京って人の見合い相手ですよ。鰹節問屋の主なんです」

「か、鰹節だと?……」

三郎三は考えめぐらせ、はっと小次郎を見て、

「旦那、どういうこってすよ。やけに鰹節がついて廻るじゃねえですか」

「…………」

九

湯島天神の境内には料理屋や貸座敷などがあり、好天に恵まれたその日は人出で溢れていた。

その日、源太郎とお京は門前で待ち合わせ、境内に遊んだ。

料理屋で鰻を食べたあと、二人は柳《やなぎ》の井《い》の前へ来た。

これは名代の名水が湧き出ていて、碑文にはこうある。

「この井は名水にて女の髪を洗えば如何ように結ばれた髪も、はらはらほぐれ、垢落ちる。気晴れて、風新柳の髪をけつると言う心にて、柳の井と名付けたり」

お京は嬉しそうに源太郎と歩んでいる。

女房を迎えることを拒んでいた源太郎だったが、お京に会ってその心境に変化が生じていた。

お京は源太郎を常に立てて、一歩も二歩も退って自分につき添ってくる。そこに男としての満足感があり、今ではこの人なら、という気持ちになっていた。

それにおっ母あはいらないと言っていた福松にも変化があり、お京に会ってくるというと、嫌な顔をしないで送り出してくれる。

どんな小さな子でも意思はあるわけで、源太郎はそれを無視するつもりはない。福松と密接に暮らしてきただけに、彼の思惑をないがしろにする気はなかった。つまり福松はお京を気に入っているようなのだ。

それで福松に背中を押されるような思いになり、お京への気持ちにも弾みがついたのである。

「お京さん、こんなこと聞きたくないんだがね、知っておきたいと思って」

源太郎が真面目な表情になり、お京に向き直って言った。

「はい」

お京の顔が少し硬くなる。

「どんなことでしょう」

「別れたご亭主のことだよ」

「ああ」

「何をしていた人なんだい」

「それは……蔵前の札差の手伝いをしていたんです」

　だがそれは表向きで、内実は借金の取り立て屋だったと、お京が言う。そして粗暴な亭主に嫌気がさし、諍いが絶えぬので別れたのだと、お京は正直に打ち明けた。

「別れた人を悪く言いたくありませんけど、いい思い出はひとつもありませんでしたよ」

「……」

　源太郎は妙な顔になって考え込んでいた。

　札差の手伝い――。

　どこかで聞いた憶えがあった。丑之助の顔が目に浮かんだ。あの男も源太郎にそう言っていたのだ。

（まさか、そんな……）

　胸の騒ぐような思いがし、そこでおずおずと聞いてみた。

「どこで暮らしていたんだい、お京さん」

「亭主とですか」

「うん」

「湯島三組町の源助店《げんすけだな》って所でしたよ」

「……」

「なんでそんなこと聞くんです」

「そ、そのご亭主の名前は」

「名前ですか？」

お京は怪訝顔になり、

「丑之助ですけど」

「……」

「それがどうかしましたか」

「あ、いや、別に……」

「嫌だ、変ですよ、源太郎さん」

「……」

源太郎は曖昧な笑みでその話題を打ち切り、それから急にお京によそよそしくなり、急用を理由にそそくさと別れを告げた。

取り残されたお京は、なぜか幸せが目の前から逃げて行くような思いに捉われた。

（なんで……）

途方にくれた。

十

永楽屋の奥の間で、源太郎は福松と差し向かいで晩飯を食べていた。

「うめえな、こいつぁ」

鮎《あゆ》の塩焼きに、福松が舌鼓《したつづみ》を打つ。

「おめえの好物だからな、漁師町で買って来たんだ」

源太郎が目を細める。

「義経はよ、どうして兄貴に嫌われたんだ」

唐突に福松の話題は変わる。

「そのことを書いた読本も買ってきてやったぜ、あとで読んで聞かせてやらあ」

「そいつぁ楽しみだぜ」

山盛りの飯を頰張りながら、

「今日はどうだったい、おっ父う」

「む？　なんのこった」

源太郎の目が泳いだ。

「会ってきたんだろう、お京さんと。おいらのこと、なんか言ってなかったか」

「い、いや、別に……」

源太郎の歯切れが悪い。

「おいら、初めはおっ父うだけでいいと思ってたけどよ、やっぱりおっ母あはいた方がいいな」

「そ、そうかよ」

「どうだ、お京さんは」

「ああ、そうだな」

源太郎は曖昧だ。

「おいらの方に異存はねえぜ」

「……」

「どうなんだよ。おっ父うだっていい人だって言ったじゃねえか」

源太郎はぐっと真顔になると、

「それは、昨日までのこった」

「なんだって」

「おれはやはり独りでいることにした」

「気に入らねえのか、お京さんが」

「そういうわけじゃねえ」

「じゃ、なんでだよ」

「わけなんかねえさ、そんなものあるもんか。そう思っただけなんだ」

お京の元の亭主が丑之助とわかって、源太郎がお京へ寄せる気持ちは急速に萎《な》えた。もうとてもそんな気にはなれなかった。

（それにしても、こんな偶然があるものなのか）

怯えるような心にもなっていた。

「はっきりしねえなあ、なんだか」

「おれは今のままでいい。そう決めたのさ」

「………」

「怒ってるのか」

「お京さんが可哀相だ」

「えっ」

「あの人だってその気になってるはずだぜ。きっとおっ父うのことが好きなんだ」

「………」

「ちえっ、煮え切らねえ男だな。今日のおっ父うはよくねえよ」

「すまねえ」

「もう少し考えてくれねえか、勝手に決めねえでくれよ」

「……ああ、わかった」

そこへ女中が来て、源太郎に何やら耳打ちした。

源太郎が驚き、その表情がたちまち強張《こわば》った。

「ええっ、どこに」

「裏でお待ちですよ」

女中はそう言い、立ち去った。

「福松、独りで食ってろ」

「客か」

「そうだ、客だ」

源太郎が席を立ち、廊下を急いで裏手へ廻った。

勝手戸を開けると、そこに翁屋女中のお清が佇んでいた。

「おまえ、ここへは来ない約束じゃないか」

「ええ、承知してます。でもまた困ったことが持ち上がったんです。それでともかく旦那さんに知らせたくって」

「何があったんだ」

「うちの旦那さんが今度は米相場に手を出して大損をしちまったんですよ。それで今、高利貸しが押しかけて談判をしてるんです。払え払えないで揉めています。どうしたらいいんでしょう」

「損害はどれくらいなんだい」

「三両二分とか言ってるのを聞きました」

ちょっと待っててくれと言い、源太郎は家のなかへ引っ返し、ややあって金包みを手に戻って来た。

「これをまた、例によってわからないように翁屋さんに置いといとくれ。人に見つからないように、頼むよ」

五両の入った金包みをお清のふところにねじ込んでおき、それからこれは手間賃だと言い、源太郎はお清に金一分を握らせた。

お清は一分を袂《たもと》へ落とすと、解せない顔を上げて、

「でもどうしてなんですか。どうして旦那さんは赤の他人の翁屋のためにこんなことをするんですか。この先もずっとつづけるおつもりなんですか」

「それは聞かないことになっているよ。おまえは何も言わず、あたしに頼まれたことだけやってくれればいいんだ」

「でも得心が……」

「お清、別に悪いことをしてるわけじゃないだろう。あたしが陰に隠れて翁屋さんを助けてるだけなんだ。これには深いわけがあるけど、おまえにとっちゃ知ったこっちゃあるまい。頼むよ、今後も何も聞かないでおくれ」

「わかりました、それじゃ……」

割り切れない気持ちのまま、お清は消え去った。

十一

翁屋加兵衛は居室で茫然と、身も世もない風情で座り込んでいた。

何をする気もなくなり、われを忘れたように思い詰めている。

そこへお蔦が部屋へ入って来た。

「帰りましたよ、高利貸の奴ら。明日また来るって言ってました」

「……」

「ちょっとおまえさん、しっかりして下さいな」

腑抜《ふぬ》けたような加兵衛の躰をお蔦が揺すった。

加兵衛はつくづくと溜息で、

「お蔦、世の中にゃ運に見放された奴ってなかなからずいるもんだね。このあたしがそうだよ。何をやってもつきってものがない。よくよくついてないんだ」

「そんなこと言わないで。人の世は照る日曇る日じゃありませんか」

「曇りっぱなしだよ、あたしの場合は。いいや、毎日が土砂降《どしゃぶ》りだ」

お先真っ暗な状況に嘆いて、

「ああ……米相場になんぞ手を出さなきゃよかった」

「それだって、よかれと思ってしたことなんですから。あんまり自分を責めちゃいけませんよ」

「明日、高利貸になんて言ったらいいんだ。今日できない三両二分が、明日になって揃うわけがない。この間、天から授かったおあしはどうしたね」

「もうほとんど残っちゃいませんよ。あれで随分と急場は凌げました」

「根津《ねづ》の家作も人手に渡っちまったね」

「ええ、先月」

「うむ……」

万策尽きて、加兵衛が唸った。

そこでお蔦が、ふっと力を抜くようにして姿勢を崩し、

「いつもいつもこうして金策に追われて、夫婦で顔をつき合わせては払いの心配ばかり。あたしたち、立つ瀬がありませんねえ。なんだか疲れちまいましたよ」

「おまえ、何を言いたいんだね」

「いえね、こんな時あの子がいたらっていつも思うんですよ。あの子がいたらもっと励みになるでしょうし、おまえさんのやる気も違うと思うんです」

「あたしのやる気に変わりはないよ。子供とは関わりない。運がついてこないだけなんだ」

お蔦がひい、ふう、みいと指を折って、

「あの子の歳を数えると、今年で六つになります」

「可愛い盛りだろうね」

「本当に、どこ行っちまったんでしょう」

「神隠しというものはそういうものさ。天狗《てんぐ》にさらわれたか、大鷲《おおわし》に連れて行かれたか」

「もう生きてないのかしら」

「どこかでさまよってるんなら誰かが教えてくれるはずだからね、あれから五年も経って、あたしは半ば諦めてるよ」

「あたしはそうはいきませんね。お腹を痛めた子のことは、忘れようとて忘れられるもんじゃありません」

「確かにおまえが言うように、今ここに太吉《たきち》がいたら翁屋もまるっきり違ったろうね」

「ええ、それを思うと……」

お蔦がそっと目頭を拭った。

その時、隣室でごとっと物音がした。

夫婦が不審に見交わし、

「誰だね」

加兵衛が問うた。

しかしそれきりなんの音もしない。

加兵衛が立って隣室を開けるが、そこには誰の姿もなかった。

「妙だな、今確かに……また神様かと思っちまったよ」

加兵衛のそのつぶやきを耳にしながら、お清は廊下を爪先立ちで立ち去っていた。

五両の金包みを置こうとして、気づかれて逃げ出したのだ。

そうしてお清は台所へ逃げ込みながら、そこで胸の動悸を鎮め、たった今聞いた夫婦の会話を反芻《はんすう》していた。

(あの旦那さんとおかみさんの間に、子供がいたなんて……)

初耳だった。

奉公に上がってまだ二年だから、お清はそれ以前のことは何も知らないのだ。

今から五年前に主夫婦の間に子供ができていて、それがなぜか行方不明となり、そのまま今日に至っている。

お清はその話を、人智を超えた不思議な思いで受け止めていた。

十二

石田の家の離れでは、小次郎と三郎三が向き合っていた。

「いろいろ調べてめえりやしたぜ、永楽屋のこと」

三郎三が得意げに切り出した。

「うむ」

「主は源太郎といって、鰹節の行商から叩き上げた男です。男坂に店を出したのは五年めえで、最初は借りてたものを、三年めえから商いがうまくいくようになって買い取っておりやす」

小次郎は口を挟まず、聞いている。

「ところが源太郎にゃ福松ってえ六つになる子がおりやして、不思議なことにこいつのおっ母さんがいねえんで」

「どうしたのだ」

「なんか事情があるんでしょうが、そのことだけは源太郎は誰にも打ち明けてねえんですよ。死に別れとは言ってるんですが、はっきりしたことはわかりやせん。近所の人は、女房の墓はねえみてえだから死に別れは嘘だと言っておりやす」

「男坂へ来る前の源太郎はどうしていた」

「男坂のめえは、本郷春木町《はるきちょう》の三竹《さんちく》長屋に住んでおりやした」

そこで三郎三は熱を帯びたようなきらきらした目になり、

「実は旦那、てえへんなことを見つけたんですよ。あっしの大手柄なんです」

「勿体《もったい》ぶらずに早う申せ」

小次郎はすぐにじれる。

「丑之助ですよ、ここで丑之助が出て来るんです」

「どういうことだ」

「丑之助はお京とは湯島三組町の源助店に住んでやしたが、その後お京と別れると、一人で本郷春木町の三竹長屋に越したんでさ」

小次郎の目にも熱が移って、

「では源太郎と丑之助はおなじ長屋に住んでいたのか」

「そういうことなんです」

「つながったな、三郎三」

小次郎が思わず破顔した。

三郎三が得たりとうなずき、

「それだけじゃござんせんぜ、旦那。五年めえのその頃の源太郎は、やはり鰹節の行商をやっておりやしたがうまくゆかず、荒んでたみてえなんです。こいつぁ三竹長屋の連中の証言ですから信用できまさ」

「どのように荒んでいたのだ」

「借金をしては逃げ廻り、賭場にも出入りして人を疵つけたこともあるとか。何しろひどく金に困っていたらしいんで」

「それは福松という子が生まれた頃ではないか」

「へい、ですが子供の話なんざこれっぽっちも出てめえりやせん。妙ですよね」

「乱暴者の丑之助と源太郎が、そこで仲良くなっても不思議はないな」

「そうなんです。長屋の連中の話だと、実際に二人はよくつるんでたそうなんで」

「そういう時期はあったものの、源太郎は悔い改めて商いに励むようになった」

「丑之助の方も三竹長屋に越して来た頃は札差の仕事を失敗《しくじ》ってやしてね、定職を持たねえでぶらぶらしてたんですが、その後どういうわけか地道んなって、人を泣かせた話は聞こえてめえりやせん」

「するとお京は二人の関係を何も知らぬまま、源太郎と見合いをしたというわけか」

「へえ、こればっかりは偶然としか言いようがありやせんね。神様のいたずらかも知れやせん。お京にしたって自分と別れたあとに元の亭主とつるんだ相手が、まさか源太郎だとは思いもよらねえでしょう」

　小次郎は視線を空間にさまよわせ、

「丑之助と源太郎との間に何かがあった」

「へえ、あったんですよ、その何かが。でねえと殺しにつながりやせんから」

「おまえも源太郎が下手人だと思っているのか」

三郎三が確信の目でうなずき、

「だってほかに怪しい奴は誰もいねえじゃねえですか。けどいってえ何があったのか。それに今は縁を切った源太郎が、どうして丑之助を殺す羽目になったのか。出世を台なしにする馬鹿はおりやせんからね、そこんところがどうにも……」

「解せんな」

「源太郎をしょっ引いて叩いてみたらどうでしょう」

「それはやめた方がよい。こっちに証拠はまだ何もない。じっくりやるのだ。源太郎は逃げ隠れする男ではあるまい」

「へい、ですが……」

「おれがひっかかるのは福松という子供のことだ」

「仲の良い親子ですぜ」

「うむ、確かにな……しかし子供に罪はないのだ。源太郎が大きな秘密を隠している。そう思えてならんぞ」

十三

家のなかが寝静まるのを見澄まし、お清はむっくり起き上がった。朋輩たちは死んだように寝ている。布団の下に隠した金包みを握りしめ、お清は足音を忍ばせて女中部屋を出た。夜半ともなると、昼の暑さは嘘のようだった。

あのあと古手の女中から、五年前に翁屋で起こった出来事を聞かされ、お清は仰天したものだ。

おかみさんが言っていたように、生まれて一年も経たない太吉という子が、ある日突然いなくなったのだ。

大騒ぎとなって、町内を挙げて太吉の捜索をしたが、どこからも見つからなかった。やがて三月、半年と経ってもなんの音沙汰もなく、太吉はこの世からかき消えるようにいなくなってしまったという。奉行所の捜索は三月目に打ち切られた。

やがて何年か経つうちに、誰もその話をしなくなり、翁屋では太吉の話題は禁忌《きんき》となった。

だからあえて新参者のお清に、そのことを告げる者はいなかったのだ。

夫婦の居室へ近づいて来て、お清は耳を澄ました。

加兵衛の高鼾《たかいびき》が聞こえている。

罪のない良い人だが、その高鼾を聞いているとお清は無性に腹が立ってきた。

（おかみさんに苦労ばかりかける悪い旦那さんだ）

奉公に上がった時から、お清はそう思っていた。

商いの才覚がなくて勘が悪く、加兵衛はいつも損ばかりしている人だ。ぼんやりしているから生き馬の目を抜かれるのだ。それが今度は米相場に手を出してまた大損だった。

そのたびに心労にみまわれるおかみさんのことを思うと、お清は加兵衛の横っ面をひっぱたいてやりたくなる。

これまで翁屋がどうにかこうにかやってこられたのは、みんなおかみさんや番頭さんの支えがあったからこそなのだ。そこが加兵衛は鈍感だからわからない。しかし底なしの善人なので、みんな怒るに怒れず、我慢をしているのではないか。

加兵衛がいつまでもこんな有様だと、永楽屋の旦那さんも永久に陰の施しをつづけなくてはならない。

あの源太郎という人も善人だから、お清は胸が痛くなる。
安心して加兵衛の鼾を聞きながら、そろりと隣室へ忍び込んだ。
金包みを取り出し、それを小机の上にそっと置く。
置いたとたんに唐紙がぱっと開いた。
「おまえ、そこで何をしてるんだえ」
眉間を険しくし、寝間着のお蔦が立っていた。その手に燭台を持っている。
明りがお清の顔を照らした。
お清はくらくらっと奈落の底へ突き落とされた。
（もう駄目だ。これであたしの一生は終わってしまう）
観念した。
加兵衛の鼾はまだ聞こえていた。

十四

加兵衛が起きたらいけないから、部屋を別に移した。
そこはお蔦が裁縫だけに使っている小部屋だった。

お清は真っ白な顔でうなだれている。

その桃割れの髷や白いうなじを見て、お蔦は思わず目を細めた。

お清は目から鼻に抜ける子だから特に目をかけていた。それが神の使いをやっているとは思いもしなかった。騙されたというより、この子に目をつけた敵が憎いと思った。

「お清、まず聞くよ。あんたにこれをやらせてたのは誰なんだい」

「永楽屋の源太郎旦那です」

知らない名だった。

「どこの誰なのさ、その人」

「湯島の男坂で鰹節問屋をやっている旦那さんです」

「おまえの知り合いなのかえ」

そんなはずはないと思った。

お清は秩父《ちちぶ》の田舎から出て来た娘で、江戸に知り合いなどあろうはずはなかった。

「いいえ、見ず知らずの人でした。あたしが奉公に上がってすぐ、道で声をかけてきたんです」

「なんて言って？」

「源太郎さんが言うには、今はお店の主になれたけど、その昔に翁屋さんに世話になったので、その御恩返しをしたい。ついては翁屋さんに難儀がふりかかった時、知らせてくれないか。それを陰で助けたいのだと、そう言ったんです」

「そんな人、うちは知らないよ。寝耳に水みたいな話だよ。本当に世話になったと言ったのかい」

「ええ……それであたし、そういう事情なら悪いことではないと思いまして、源太郎旦那の言う通りにすることにしたんです」

「二年前の大晦日の晩から施しが始まったんだよ」

「そうです。あそこからあたしの仕業なんです」

「庭に小判五両を」

「置きました」

「それから三日前にも部屋に五両だ」

「申し訳ありません、みんなあたしです」

「ふむ……」

お蔦が腕組みして考え込んだ。

「あたしも三十年以上人間やってるけど、そんな話聞いたことがないよ。どこの世間に、なんの見返りもないのに赤の他人に施す人がいるものかね。あまりにも薄気味悪い話じゃないか」

「そう言われれば、確かに……でも永楽屋の旦那さんには真があって、とても悪い人とは思えないんです。陰ながらと言いながら、あたしには氏素姓を隠さなかったんですから。それで信用することにしたんです」

「小娘だと思って、騙されたんだよ」

「えっ、だってこっちがおあしを取られたわけじゃないんですよ。向こうが下すったんですから」

「そこだよ、問題は……ああ、わからない、わからない。あたしの頭じゃこれ以上考えられないよ」

そこへ加兵衛がひょっこり顔を出した。

「おまえたち、夜の夜中に何してるんだい、こんな所で」

「お、おまえさん……」

すぐには説明がつかずにお蔦はうろたえ、そしてお清は無言でぱっと叩頭《こうとう》した。

十五

翌日――。

永楽屋の奥の間は、重苦しい空気に包まれていた。

突然訪ねて来た翁屋夫婦を前にして、源太郎が身を硬くしたまま、ひと言も口を利こうとしないからだ。

それが気詰まりで、加兵衛もお蔦もどう切り出してよいものか、困惑している。

人払いがなされ、辺りは静まり返っていた。

さっき女中が茶を運んで来たきり、誰も奥に寄ってこない。

加兵衛が戸惑いを浮かべながら、

「おまえさん、うちの女中のお清を知っていますね」

「……………」

源太郎が微かにうなずく。

言い難いのか、加兵衛は気まずく咳払いをして、

「この二年の間、そのお清におまえさんは妙なことをやらせている。それはおまえ

さんの指図でなされたことなんですね」

「……」

お蔦が膝を詰め、

「お清が何もかも話してくれたんで、おまえさんにそうじゃないとは言わせませんよ」

「……」

「いえ、これはね、あたしたちもお清から話を聞いた時は狐《きつね》につままれたような思いがして、何をどう考えたって解せないんですよ。だってそうじゃありませんか。うちとは縁もゆかりもないおまえさんが、なんだってお金を施して下さるんですか。どうかそのわけを聞かせて下さいましな」

「……」

加兵衛が源太郎を気遣いながら、

「あのね、永楽屋さん、あたしたちは何も怒りに来てるんじゃないんです。それどころか、おまえさんには畳に額をすりつけて感謝したいところです。おまえさんの施しのお蔭で、あたしどもがどれだけ助かったか。お礼を言いたいくらいなんですよ」

「………」

「でもお礼を言う前に、わけを聞かせて下さいな、永楽屋さん」

お蔦が懇願する。

それでも源太郎は頑《かたくな》に押し黙っている。

お蔦がつづけて、

「お清にはおまえさんが昔うちの世話になったと言ったそうですけど、それは本当なんですか。うちの人はお人好しだから、羽ぶりのいい頃に他人様に何かしたかも知れません。そういう昔のことなんですか」

「………」

「お願いしますよ、永楽屋さん」

加兵衛も頼んだ。

すると源太郎がようやく重い口を開き、

「へえ、まあ、そんなようなことでして」

加兵衛がお蔦と怪訝に見交わし、

「けどあたしゃおまえさんの顔にさっぱり覚えがないんですよ。どこでお会いしましたかね」

源太郎が苦しいような顔になって、

「そいつぁ……どうかご勘弁下さい」

「そういうわけにはいきませんよ」

お蔦が言い張る。

源太郎は顔を伏せて、

「こいつばかりは言いたくないんです。ご迷惑でしたら、もう施しはやめます」

その言葉に、加兵衛はちょっと困ったように、

「い、いや、迷惑だなんて……それどころか有難くって、できればこの先も……」

言いかける加兵衛の膝をお蔦がつねくる。

「痛い」

「永楽屋さん、もうこういうことはしないで下さいな。そりゃ困ってる時に目の前におあしを置かれたら、ついつい手を出しちまいますけど、こんなことをつづけてちゃおたがいにいけません。第一、あたしたちの立場がないじゃありませんか」

お蔦が真摯《しんし》に言う。

源太郎は顔を伏せたままで、

「へい、そうですね……おかみさんのおっしゃる通りです。あたしが出過ぎた真似

を致しました」

頭を下げた。

そうされるとますます夫婦は困惑し、うろたえるばかりなのである。

そこへ福松が勢いよく入って来た。

「おっ父う、お客さんか」

一瞬、源太郎が烈しく狼狽した。

「そうだ、大事なお客さんだからおめえは向こうへ行ってろ」

いつにない源太郎の剣幕に、福松はきょとんとしている。それでその場を去らない。

「おや、おまえさん、お子さんがいるんですか」

お蔦が目許を和《なご》ませて言うと、源太郎はさらに落ち着かなくなって、

「え、ええ、そうなんです」

「坊や、幾つだえ」

「六つだ」

「名前は」

「福松」

「そう……」

福松を見るお蔦の表情がしだいに変化を始めた。どこかに忘れていた面影を思い出したような、そんな気がしてきてお蔦は心の内で震えた。それきりうつむいて、何も言わなくなった。

源太郎がさらに福松に行けとうながした。

福松はぶんむくれ、身をひるがえした。

十六

「こん畜生、おっ父うの馬鹿野郎」

永楽屋の裏手から飛び出して来た福松が、腹いせに石を蹴とばした。

憤懣《ふんまん》やるかたなく、材木の積んである所まで歩いて腰かけた。

その前にふらっとお京が立った。

「どうしたの、福松ちゃん、お父っつぁんに叱られたの」

「叱りてえのはおいらの方だぜ」

福松が口を尖らせる。

「何があったのよ」

「うるせえ、女は引っ込んでろ」

「なんだか手がつけられないわね」

「お京さん、どうしてここにいるんだ」

お京は視線をさまよわせて、

「う、うん、どうしてかな……なんとなくね、気がついたら来ちまったの」

「用もねえのにか。おっ父うに呼ばれてねえんだろ」

「だって呼んでくれないもの」

「何があったんだ」

「何がって？」

「喧嘩したのか」

「ううん、喧嘩なんか……よくわからないけど、あんたのお父っつぁんがあたしに急に愛想づかしを始めたの」

「何もねえのにおっ父うがそんなことするわけねえ。身に覚えは」

「ないわよ」

「けどよ、嫌われたんならしょうがねえぜ」

「あっさり言わないでよ」

「おいらが嫁に貰ってやりてえとこだが、少し歳が離れてるもんな」

「少しじゃないわよ。でもあんたの気持ちは嬉しい」

「寂しそうだな」

「そう見える？」

「どうして寂しいんだ、相談に乗るぜ」

お京はうなだれてその辺を歩き廻り、

「女一人でここまでやってきて、近頃なんだか……きっと道に迷っちまったのね」

「まだ若えじゃねえか」

「もう駄目よ。どんどん坂道を転がってる」

「そんなことねえよ、きれいだぜ」

「あんた、女口説《くど》くの名人ね。末恐ろしいわよ」

「お勝ちゃんもお竹も、みんなそう言うな」

「お父っつぁんはどうしてる。ちょっと呼んできて貰えない」

「今、客が来てるよ」

「そう……」

「それより何か食いに行かねえか。鮎の焼いたので飯が食いてえ。この先にうめえ飯屋があるんだ」

言うことは一丁前だ。

「嫌だ、そんなつもりないからおあし持ってきてないのよ」

「銭なら持ってらあ。おいらに任せな」

「あんた、頼もしいのね」

「大店の跡取りだからな」

「お、大店って……」

お京が永楽屋の家を改めて眺めた。とても大店とはいえないちっぽけな商家だ。

「何してんだよ、おいらについて来い」

「うん」

お京はなぜか急に気持ちが明るくなって、いそいそと福松にしたがった。

福松は頼れる男なのだ。

十七

小次郎が田ノ内に呼び出され、南茅場町《みなみかやばちょう》の大番屋へやって来ると、待っていた三郎三が一室へ案内した。

そこには田ノ内、翁屋夫婦が揃っていた。

「これは牙殿、ご足労頂いて」

田ノ内に迎えられ、小次郎がその前に着座した。

三郎三も部屋の隅に座る。

まず田ノ内が線香問屋の加兵衛を引き合わせ、次にお蔦は家内でございますとみずから名乗った。

「して、話と申すのは」

小次郎が水を向けると、田ノ内が夫婦から聞いた面妖な話を語り出した。

二年前より二度に亙《わた》り、翁屋は永楽屋源太郎から、金に困っている時に都合十両の施しを受けた。それも源太郎は自分は姿を隠し、翁屋の女中を懐柔して施しを行っていた。

永楽屋とは縁もゆかりもないから、そのことがわかって、なぜそんなことをするのかと会って問い質《ただ》した。

しかし源太郎は頑に黙して語ろうとはしない。

金を騙し取られたのならともかく、真相がわからないだけに気味が悪く、それで思い余った夫婦が田ノ内に相談したのだという。

話の途中から小次郎の目に青い火が灯り、生気がみなぎってきた。

「はて、源太郎は何ゆえそのようなことを」

小次郎がつぶやいた。

するとお蔦が膝を進めて、

「あたしども初めはわけがわからず、困っておりました。でもあることに気づいて、もしやと思うように……」

「そのもしやとは？」

小次郎が問うた。

「子供です」

「福松のことか」

「はい、永楽屋さんのひとり息子です。近所で聞きましたら、子供の母親は最初からいないということでした」

「源太郎は誰にもその事情を話さぬらしい」

「それで、それであたし……」

昴ったお蔦が言葉を詰まらせる。

「おまえさん、いくらなんでもそれは違うだろう。考え過ぎじゃないのかね」

加兵衛をはねつけておき、お蔦は小次郎に真顔を据えて、

「実はあたし、五年前に子供を産んでおります」

「五年前……」

「名前は太吉と申しまして、それが生まれて一年になるやならずの冬のある日、太吉を縁側に出して日に当てておりました。そうしたらあたしがちょっと席を外して戻って来ましたら、いなくなっていたんでございます」

「かどわかされたのか」

「そう思ってお役人にも訴えましたが、身代金を寄こせという脅し文などは届かず、なしのつぶてで、太吉は消えたままに……それから五年が経ちました」

小次郎が身を乗り出し、

「たとえ幼い頃に別れても、母親はわが子の面影を忘れることはないという」

「はい」

「おまえは福松が太吉ではないかと思うているのだな」

「間違いありません。あれはあたしの産んだ子なんです」

揺るぎのない確信の目で、お蔦が言った。

十八

見ず知らずの侍に呼び出され、源太郎は困惑していた。

そこは湯島男坂に近く、切通片道町《きりどおしかたみちまち》にある根生院《こんしょういん》という大きな寺の境内である。

「この木の由来がわかるかな」

小次郎があすなろうの木を見上げてぽつりと言った。

源太郎は戸惑いつつ、木を見上げて、

「明日は檜《ひのき》になろうという意味で名づけたそうですね」

「そうだ。檜に属しているが檜ではない。それで明日は檜になろうと、この木はいつも思っているのだ」

「お武家様、何をおっしゃりたいので。ちょっと店が気になりますので」

「これはまるで福松のようではないか」

「はっ？」

「福松はおまえの背を見て育っている。明日は親父のようになろう、いつかはそうなろうとな。健気《けなげ》な子ではないか」

「ど、どうして福松のことなんかご存知なんですか」

「おれはなんでも知っているぞ」

小次郎の含みのある目とぶつかり、源太郎はとっさに視線を逸らした。

「ずばり、聞いてもよいか」

「……」

「福松の本名は太吉だ。本当は翁屋の伜なのであろう」

「……」

「違うかな」

立っていられず、源太郎がその場にしゃがみ込んだ。肩が喘ぐように揺れている。

「おまえはどうして福松のかどわかしをしたのだ」

「……」

「最初は身代金を取るつもりだったのであろう」

「……………」

「少なくも、おまえとつるんでいた丑之助はそうしたかったはずだ」

源太郎がふらっと立ち上がり、あすなろうの木に背をもたせて、

「……そこまでご存知でしたか」

「話してくれ」

源太郎が観念し、淡々とした口調で、

「ご推察の通りです。丑之助と二人で暮らしに行き詰まりまして、翁屋さんの赤子のかどわかしを企《たくら》みました」

「うむ」

「それで家に入り込みまして、隙をみてかっさらったのまではよかったんですが、子供があんまり可愛いんで欲しくなったんです」

「欲しくなった？　それはまたしかし……」

「ずっと若い頃に、惚れた女に子供を産ませたんですが、母子共に流行《はや》り病いで死なれちまったんです。それ以来、おなじような子供を見ると……それに福松は死んだ子によく似てたんで、その子が会いに来たと思っちまったんです」

「それでは相棒の丑之助は収まるまい」

「かどわかしを取りやめて子供を貰う代りに、あっちこっちから金を借りて、丑之助にそれをくれてやって縁を切りました。それであたしは盗んできた子を福松と名づけて、育てることにしたんです」

「ふむ、そこまではよくわかった」

小次郎は源太郎を正面から見据え、

「では丑之助はなぜ死ぬ羽目になったのだ」

「縁を切ったはずが、ばったり出くわしたんです。あたしの行きつけの居酒屋に奴はいました」

「おまえに目当てがあって、向こうは網を張っていたのではないのか」

「そうかも知れません、けどそれも今となっては……久しぶりに会うなり、丑之助はあたしに脅しをかけてきました。福松のことをばらすぞと言い、大枚を寄こせと……」

「それで殺したのか」

「あいつは一生つきまとうような奴です。それで湯島聖堂の裏へ呼び出し、金をやると見せかけまして」

「鰹節で殴り殺したのだな」

　源太郎がうなずく。

「それでおまえは福松を育てる一方で、翁屋から目を離さず、金に困った時に金子を施した。贖罪《しょくざい》のつもりであろう、それは」

「へい……おこがましいとは思いましたが、あたしが翁屋さんにできることはそれくらいしか」

「子供を返す気にはならなかったのか」

「初めの時分はそういう迷いもありました。店を始めたばかりの頃、福松をおぶって仕入れに行く時なんぞは、投げ出したい気持ちになったことも……けど日に日に育って、可愛くなっていく福松を見て、この子はあたしの子だ、誰にも渡すまいと」

　小次郎がふうっと溜息を吐き、三郎三の名を呼んだ。

　近くの木陰から、三郎三と市松が現れた。

　小次郎が無言でうながし、三郎三が源太郎に縄を打った。

　市松がその縄尻を取って歩き出し、小次郎と三郎三がしたがった。

　切通片道町を出て男坂へ差しかかったところで、向こうから手をつなぎ合った福松とお京がやって来た。

小次郎がすっとお京を見た。

縄つきの源太郎の姿を見て、お京が青褪《あおざ》めた。

「おっ父う」

駆け寄ろうとする福松を、お京が必死で抱き止めた。

福松は暴れ、尚もお京をふり払って行こうとする。

「放せ、放してくれ」

「福松ちゃん、見ればわかるでしょ。ここは怺えて」

「どうしてだよ、おっ父うが悪いことなんかするわけねえじゃねえか」

叫ぶ福松の前を、源太郎がうなだれて通って行く。

「おっ父う、なんとか言えよ」

源太郎がちらっと目をやって、

「すまねえ、福松」

「おっ父う」

「……」

源太郎は通り過ぎ、もう一度見返って、今度はお京に目顔で詫びた。

お京の目から大粒の泪が溢れ出た。

そのお京を、小次郎はずっと見ていた。

十九

翁屋の奥の間に、福松とお京が硬い表情で座っていた。

対座した加兵衛、お蔦夫婦は喜びが隠しきれず、

「太吉、よく戻って来てくれたね、よくその気になったじゃないか。あたしゃもう気を揉んで気を揉んで、夜も眠れなかったくらいなんだよ」

加兵衛が胸を撫で下ろして言うと、福松は仏頂面で、

「おじさんのこと、おいらなんて呼んだらいいんだ」

「お父っつぁんに決まってるよ、実の親子なんだから」

「急にそんなふうに思えったって無理だ」

「まっ、まあそれはね、おいおい……」

「おいらの言うことをよく聞いてくれたな、二人とも」

「お京さんと一緒にっていうことだね」

お蔦が言うと、福松は真顔でうなずいて、

「そうだ。この人と一緒でなくちゃおいらこの家から出てく」

「いいよ、呑み込んだよ」

お京が恐縮して、身の縮む思いで、

「本当によろしいんですか、あたしみたいな者が居候《いそうろう》して」

「いいんだいいんだ、気にしないどくれ。この店の人間になって働いてくれりゃそれでいいよ。おまえさんの部屋も用意しといたからね」

加兵衛が鷹揚《おうよう》に言う。

「加兵衛さん」

福松が他人行儀に呼んだ。

加兵衛が苦笑で、

「はい、なんだい」

「おいらの名めえだ」

「太吉じゃ嫌なの？」

お蔦が言う。

「おいらは福松だ。変えたくねえ」

お蔦と加兵衛が見交わし、

「それじゃそういうことにしようか、おまえさん」

「うん、福松も悪くないじゃないか。線香問屋に福が来るかも知れない」

「今ご馳走を用意するからね、晴れの門出を祝うんだよ」

「よしよし、あたしも手伝おう」

加兵衛とお蔦が出て行った。

お京は福松の膝を自分の方へくるりと向かせ、

「福松ちゃん、有難う。お礼の言葉もないわ」

「いいってことよ」

「あたしね、行く所なくて困ってたの。いつまでも髪結床にはいられないし、この先どうしようかって、あんたに言ってなかったけどあたし親の縁に薄くって、身寄りがないの」

「残念だったな」

「えっ」

「おっ父うさえちゃんとしてたらな、おいらのことがばれてなければよかったんだ。牙ってさむれえ、おいら怨むぜ」

「それは違うのよ、あんたのお父っつぁんは罪を洗い流しに行ったの。悪いことばかりじゃなくて善いこともしてるから、きっといつか戻されるわよ。そのこと、牙様が請負ってくれたのよ」

「そうかあ、あいつは悪い奴じゃなかったのか」

「そうよ、あんたのことを一番心配してたのよ」

「よし、おいら大物になるぜ」

「大物に？」

「永楽屋を潰さねえで、翁屋さんに頼んでつづけて貰う。それでもう少しおいらが大きくなったら店を継いでよ、大物になっておっ父うの帰りを待つんだ」

「もう、あんたって子は……」

お京が思わず福松を抱きしめた。

「ふん、お竹と一緒だな、お京さんは泣き虫だ」

「そうよ、泣き虫なのよ、あたし。どうしようもない泣き虫なのよ」

お京の泪が福松の頭にぽたぽた落ち、福松は迷惑顔をしている。

二十

日盛りに陽炎《かげろう》が燃えていた。

柳原土手を、小次郎と小夏がそぞろ歩いている。

「とんだ目すりであったたな」

小次郎の言葉に、小夏がきょとんとした目を向け、

「なんのことです」

「お京だ」

「ああ、ねえ……気に食わん女だって」

「それを言うな」

「そりゃまあ、旦那だってたまには見誤りってことも。あたしははなっから苦労人でいい人だと思ってましたから」

「福松の面倒を見てくれるとは思わなかったぞ」

「いいえ、それは違うんですよ。福松ちゃんがお京さんの面倒を見てるんです」

「では偉いのは福松なのか」

「あれはきっと大物になりますね」

「あの洟垂《はなた》れがか」

「今はそうでもかなり賢い子ですよ、あれは。大人顔負けです」

「それは言えるな」

「でもよかった、八方丸く納まって」

「田ノ内殿に頼んでおいたぞ。事情が事情だからな、何年かの遠島で源太郎は帰って来よう」

「祝ってやりましょうね、福松ちゃんと」

「それにお京もだ」

「はい」

小夏は楽しげに先へ行った。

今では小次郎は、お京の幸せを願う気持ちになっていた。

神田川を燕《つばめ》が気持ちよさそうに、すいっと飛んで行った。

第三話　緋《ひ》の孔雀《くじやく》

一

海猫《うみねこ》がひと声、鳴いたような気がした。

（こんな夜半に……）

そう思い、加藤継之助《かとうつぐのすけ》は目の前の小窓を少しだけ開けた。とたんに重ったいような潮風が吹き込んできた。

波の音は絶え間ないが、夜の海は何も見えない。

小障子を閉め、小机の上の書きものに戻った。行燈《あんどん》の灯が不安げに揺れている。油が乏しくなってきたのかも知れない。

加藤は筆を止め、眼窩を片手で押さえて目の疲れを癒した。

そこは越後国《えちごのくに》の侘《わび》しい商人宿である。

加藤がこの地へ来て三月が経っていた。江戸へ残してきた妻子の顔が瞼《まぶた》をよぎった。まだまだ帰れないのだ。

その時、静かに階段を上がって来る足音が聞こえ、やがて成瀬又八《なるせまたはち》が何も言わずに入室して来た。

二人がすっと目顔を交わし合う。

成瀬は挨拶も何もせず、正座して加藤の言葉を待っている。

「ほぼ調べはついたぞ」

中年の加藤が言うと、若者の成瀬は一瞬頰を紅潮させ、「はっ」とだけ言った。

二人は武門の人間だが、いずれも町人体に身をやつしている。

「抜け荷の唐物類は薬種、唐更紗《とうさらさ》、毛氈《もうせん》、珊瑚珠《さんごだま》、光明朱《こうみょうしゅ》、それと瀬戸物などだ。これらを廻船問屋の銀蛇屋《ぎんだや》が薩摩船《さつません》より仕入れ、北国筋へひそかに売り捌《さば》いている」

加藤の説明に、成瀬がうなずき、

「銀蛇屋の身代を調べましたところ、おおよそではありますが、年商いが八万両、貯え金二万両、さらに廻船七艘、土蔵五棟を所有しております。大した羽ぶりですよ」

　加藤が苦々しくうなずき、

「たとえ越後有数の分限者《ぶげんしゃ》とは申せ、これだけ大掛かりな抜け荷を銀蛇屋一人で仕切れるとはとても思えん」

　成瀬が緊張を浮かべ、

「はっ、実はわたしもそのような疑念を」

「これには間違いなく藩が絡んでいる」

「やはり……」

「長岡藩《ながおかはん》は新潟湊《にいがたみなと》へ荷揚げする荷と、諸国へ向けて積み出される荷には、値《あたい》百文につき四文、薩摩船が運んで来る荷に対してはさらに高率の運上金をかけ、それぞれ厳しく取り立てている。それで一年におよそ一万八千から二万両に及ぶ上がりを得ている。あくまで尋常な取引であるがゆえ、そこまではよい」

「藩財政は潤沢なようです」

「うむ。しかし薩摩船が船底に隠した抜け荷の品を銀蛇屋が受け取っていても、藩はこれを見て見ぬふりだ。恐らく後でその儲けをはねることになっているのであろう。お上の手前横目《よこめ》を立ててはいるが、そんなものは笑止千万、めくらましに過ぎん」

横目とは横目付のことだ。

「確たる証拠をつかまねばなりませんな」

加藤が決意の目になり、

「明日、城中へ忍び入るつもりだ」

「それは恰好かと。明日は湊祭りの宵宮《よいみや》ですから、そちらへ人が出て警護は手薄になりましょう」

「そこでだ、証拠を得たとして、御前がどうお裁きになるかだ」

「遥か昔の御三代様の頃とは違いますから、お取り潰しにはなさいますまい」

御三代とは三代将軍家光《いえみつ》を指す。

「では、例のあの手か」

「はっ」

「それも気の毒だ」

「しかし報告は上げねばなりません」

「わかっている」

加藤がふっと表情をやわらげ、

「泊まってゆくか」

「いえ、女が待っておりますので」

新潟湊は遊里が盛んだ。

「若いのう、お主。ならば行け」

成瀬は来た時とおなじように、何も言わずに出て行った。

加藤は書きものをつづけようとするが、疲れを覚え、そのままごろりと仰臥《ぎょうが》した。

とたんにその目がかっと見開かれた。

天井に黒い影が張りついていたのだ。

「うぬっ」

すばやく身を泳がせ、床の間にまとめた道中荷のなかから長脇差を取った。

その時には天井の影が落下して来て、背に帯びた忍者刀を抜き放ち、加藤を後ろ袈裟《けさぎ》斬りにした。

「あうっ」

背中を斬り裂かれても怯《ひる》むことなく、加藤は長脇差を抜いて賊に対峙した。畳に夥《おびただ》しい鮮血が滴り落ちる。

賊は黒装束に身を包み、黒頭巾《くろずきん》を被っているから男か女かはわからない。

加藤が踏み込み、白刃を閃《ひらめ》かせた。

それより速く、賊が加藤の横胴を払った。

「あっ」

加藤が仁王立ちになった。

さらに忍者刀が加藤の胸板を深々と刺し貫いた。

期せずして、油の尽きた行燈の灯がふっと消えた。


波打際を、成瀬が歩いていた。

月も星もなく、上空を暗く覆って垂れこめた雲は兇雲のようにも見える。

不意に成瀬が歩を止めた。

前方に一人、黒い影が立っている。さっとふり向くと、後方にもう一人の影が立っていた。いずれも黒装束に黒頭巾である。

挟み打ちだ。

成瀬がふところから匕首を抜いた。そしてじっと前後の二人の様子を窺い、

「うぬら、長岡藩の者ではないな。いずこの刺客か」

二人の賊は何も答えない。

岩礁に波濤《はとう》が砕けた。

突如、成瀬が身をひるがえした。

すかさず影たちが追った。

逃げると見せかけ、成瀬が追い縋《すが》る一人に匕首で反撃した。

だが隙を衝《つ》かれて脳天から斬り裂かれた。

「あぁっ」

流れ落ちる鮮血が成瀬の視界を奪った。

もう一人が成瀬の背から刺突した。

さらにもう一人が呻いて崩れる成瀬に馬乗りになり、留めを刺した。

成瀬が絶命する。

刺客たちの動きは怖ろしいほど機械的で、寸分違えることはなく、呼吸さえみじんも乱さなかった。

二

妙なる笛の音に、思わず心が躍った。

牙小次郎が歩を止めたそこは神田明神《みょうじん》で、ぶらり、散策に出ての途次である。

この頃の神田明神は敷地一万坪を擁《よう》し、その境内に神田明神西町《にしまち》、門前町《もんぜんちょう》、表《おもて》門前《もんぜん》、裏門前《うらもんぜん》の四町が入っており、小商いや飲食の店々が並んで賑やかだ。人通りも朝から晩まで絶えることがない。

笛の音に引き寄せられるかのように、小次郎が大鳥居を抜けて随神門《ずいじんもん》をくぐり、正面の社殿に向かって行く。

すると社殿の廻廊に三人の巫女《みこ》が鎮座し、神楽《かぐら》を奏していた。このように巫女の仕事とは、神楽を奏したり祈禱《きとう》を行うものなのである。

由宇《ゆう》が大和笛《やまとぶえ》を奏《かな》で、胡蝶《こちょう》が拍子を取り、小萩《こはぎ》は篳篥《ひちりき》を吹いている。

三人とも若く美しく、巫女の正装をして、白衣に緋袴、千早《ちはや》を羽織っている。髪は根結垂れ髪にし、紫の髪飾りで縛っている。頭頂には華やかな挿頭《かざし》をつけている。

篳篥という縦笛から流れる音は高音で、どこかもの哀しい。

大勢の見物人に混ざって、小次郎も松の大樹を背にして腕組みし、じっと神楽に耳を傾けた。

王朝の雅を追憶しているのか、あるいは過ぎ去りし日々への感傷か、その表情には悲喜が混淆《こんこう》しているように見える。はたまた、江戸へ来てからのおのれの有様を思索しているのかも知れない。

鎮守《ちんじゅ》の森の繁みから、無数の蟬の声が聞こえている。

気がつくといつしか神楽は終わり、見物人も立ち去り、小次郎はひとりぽつんと取り残されていた。

そこへ三人の巫女が、玉砂利を踏んで近づいて来た。

「お手前様、心ある御方かと」

「なに」

小次郎が面食らって由宇を見た。

由宇は白き面長で眉が濃く、切れ長の美しい瞳に鼻梁《びりょう》が高く、唇は桜の花びらのようにふっくらとしている。瑞々《みずみず》しく、情のある面立ちだ。

「見ず知らずの男のことを、どうしてそう思うのだ」

「見ればわかります。お手前様は神楽をお聞きになりながら、お心をどこかへ馳《は》せておられました」

由宇が笑みを含んだ目で言った。

「いつおれのことを見ていたのだ。そこもとたちは熱心に神楽を奏でていて、誰一人、おれとは顔を合わせておらぬはずだが」

すると小萩がくすくすと笑って、

「でもわかるのです」

と言った。

小萩は愛くるしい丸顔で、巫女という職務にそぐわぬ明るくおきゃんな気性が見て取れる。つぶらで大きな瞳に、細く形のよい鼻はつんと上を向いており、愛嬌がある。

「ではそこもとたちには、神通力でもあるのかな。そうでなければこのおれに心があるかないかなど、わかろう道理がないぞ」

小次郎が揶揄《やゆ》めかして言った。

「まあ、そのような……」

由宇が少し困った顔で胡蝶を見た。

胡蝶は表情を変えず、静かな口調で、

「わたしたちは神通力など持ち合わせておりません。神仏に仕えておりますと、見えぬものも見えるのです」

「そうか」

小次郎は胡蝶のことを、月並な答えで逃げたなと思った。

この胡蝶は小萩とは違い、どこか憂《うれ》いを帯びてもの静かな女だ。二人は陰と陽で、対極をなしているようでもあり、その中心に由宇がいて、調和のとれた三人なのだ。

胡蝶は細面で笑みを浮かべると三日月のような面立ちになり、彼女もまた目鼻の整った美形なのである。

「して、このおれに何を言いたい」

小次郎が話題を戻すと、由宇が黙って笛を差し出した。

「お聞かせ下さいませ。お心ある御方とお見受けし、さぞや笛もお上手かと」

小次郎はまた面食らって、

「このおれに吹けと申すか」

由宇だけでなく、胡蝶と小萩も揃ってうなずいた。

三人とも、小次郎の笛上手を確信している目だ。

（なぜこのおれに笛を吹かせるのか……）

小次郎は暫し迷うようにしていたが、やがて笛を口許に当て、吹き始めた。

その音色がもの哀しく、境内に嫋々《じょうじょう》と鳴り渡る。それは馥郁《ふくいく》とした花の香が漂うかのようで、女たちの間から切なげな吐息さえ漏れたのである。

笛を吹きながら、小次郎の想念はまたも雅な世界へ飛んでいた。

三

石田の家へ帰って来ると、来客が待っていた。

それは岡っ引きの三郎三が連れて来た女客で、三倉《みくら》屋内儀才《ないぎさい》と名乗った。

といっても、お才は二十歳《はたち》そこそこの若妻なのでどっしりとした商家内儀の風格はまだない。無理に人妻風の装いにしてはいるものの、それよりふり袖姿の方が似合いそうである。しかし亭主の半蔵《はんぞう》は四十だというから、歳の離れた夫婦なのだ。

家業は麻綿糸問屋を営んでおり、帯留や羽織紐、手拭いや風呂敷などを商っているという。

纏屋女将の小夏も、お才とは竪大工町のおなじ町内のよしみで親しいらしく、同席していた。

　引き合わせが済むと、まず三郎三が小次郎を気遣いながら、

「旦那、お忙しいですかい」

「見ての通りだ」

　その返答では暇なのか忙しいのか、わからない。

「あっしはどうもその、躰が塞がっておりやしてね、芋洗坂《いもあらいざか》の辻強盗《つじごうとう》を捕まえるのに四苦八苦してるような有様なんで」

　三郎三の話し方が遠廻しなので、小次郎が苛立ったように、

「要点を申せ、三郎三」

「つまりですね、こちらのご新造さんの所で用心棒をやって頂けねえものかと」

「用心棒だと」

　小次郎が気色ばんだので、小夏と三郎三が慌てて、

「い、いえ、その、旦那がお暇だってんじゃないんですよ」

　小夏が懸命に取り繕いながら、

「あたしもお才さんから相談されて、あんまり気味悪い話なんで、これはそこいらの凡人じゃ睨みが利かないんじゃないかと思いましてね」

「要点を申せと言ったはずだぞ」

「あたしから申し上げます」

ぽっちゃり色白のお才が三つ指を突いて、

「実は近頃家の周りに妙な人がうろついて、困っているんです」

「妙な人とは」

小次郎が問うた。

「いえ、顔は見たことないんですけど、微かな気配や足音がして、誰かが家の様子を探ってるような気がして……ゆんべなんぞは屋根の上を歩いておりました」

「猫ではないのか」

小次郎はからかうような目だ。

「違います、あれは人です」

「男か女かもわからんのだな」

「はい」

「亭主はどう言っている」

「気にすることはないと。うちの人、歳のいってるぶん、太っ腹なんです。でもあたしは気味が悪くって、夜になるとおちおち眠れません。それで三郎三の親分にこのことを打ち明けましたら、いい人がいるからとここへ。ですから亭主には何も言わないで来ちまったんです」

小次郎が相変わらずの仏頂面で、

「妙な気配はいつ頃から始まった」

「この十日ほどです」

「店に押し入った様子はないのだな」

「へえ、今のところ」

「うむむ……」

「旦那、どうでしょう。ちょっと行って見てやってくれませんかしら。もし盗っ人が押し込もうとしてるんだったら、天下の一大事ですよ」

小夏が心配げに言うと、三郎三も膝を進めて、

「大事があってからじゃ遅いんで、それで旦那に用心棒をお願えできねえものかと」

「よろしくお願いします」

お才も言って頭を下げた。

三人の期待の目が集まり、小次郎はいつものようにへそを曲げるわけにはいかな

くなった。

四

大目付間宮左近将監《まみやさこんしょうげん》の役宅は、御曲輪内大名小路《おくるわうちだいみょうこうじ》にあり、拝領地は二千五百坪で四十間四方、門は屋根の出張った優美な門番所付の長屋門である。

間宮の家禄は三千石で、下総国《しもうさのくに》に七ケ村の知行所を持ち、下谷に下屋敷もある。三千石の持ち高の上に大目付としての役高がつくから、間宮の威勢は大変なものである。家の子郎党は五十六人の大所帯だが、大目付という役儀柄、間宮はさらに外部の人間をも登用している。表の家来とは別の、裏の家来を抱えているのだ。

旅装を解きながら足早に門をくぐって行ったのは、表の家来で井口悌四郎《いぐちていしろう》という男だ。

どこかへ旅に出ていて、たった今江戸へ着いた様子である。

玄関に立つと小者がすぐに濯《すす》ぎを用意し、井口はそこで洗足をして旅装を預け、着物を改めて奥へ向かった。

すると同役の土屋外亀蔵《つちやときぞう》という男が横合いから現れ、小声で井口に話しかけた。

二人はひそひそと廊下で密談を交わしていたが、そのまま肩を並べて奥へ進んだ。

井口と土屋は共に二十代後半で、武芸で鍛えた屈強な体格の持ち主である。また面相はどちらもごつごつと武張った感じで、泣く子も黙りそうだ。

奥の書院には非番の間宮左近将監がいて、大机の前で文書の山に取り組んでいた。

間宮はまるで戦国武将のような雄偉な体軀を持ち、面構えも立派で、鉤鼻《かぎばな》の下にぴんとはねた武将髭《ぶしょうひげ》を生やしている。だが細く小さめのその目は情のかけらもなく、冷酷そのものである。

「御前、只今着到致しました」

井口が畏まり、平伏した。

土屋もその横で頭を下げる。

「おお、帰ったか」

間宮が大机を離れ、二人の前に来て着座した。

「して、越後はどうであった」

「加藤継之助、成瀬又八の両名は共に討ち果たされておりました」

井口が報告をする。

「なんと……」

たちまち間宮が憤怒の形相になった。

「手練《てだれ》のあの者たちを何者が仕留めたと申すか。長岡藩の仕業か」

「いえ、それはなんとも。加藤は宿で、成瀬は浜辺にて横死を遂げております」

「うぬぬ……」

切歯扼腕《せっしやくわん》の体で間宮が考え込む。

「しかも両名が調べ、書きつけていたはずの書状の類《たぐい》はいずこへか失せておりました。ゆえに長岡藩の抜け荷の証左も、露と消え申したのでござる」

間宮は押し黙っている。

「抜け荷の調べがどこまで進んでいたか、今となっては一切が不明なのだな」

土屋が井口に言った。

「そういうことだ。隠密の仕事は結果がすべてゆえ、こうなってはふり出しに逆戻りだ」

「おのれ、いったい何者が……」

「あの男を呼べ」

突然、間宮が顔を上げて言った。

「あの男とは、まさか御前……」

土屋が警戒の目で言う。

「筧刑部《かけいぎようぶ》だ」

土屋と井口がはっと見交わし、

「御前、筧とは絶縁したのでござるぞ」

井口が諫《いさ》める口調で言い、土屋も難色で、

「御前、それだけはおやめ下され。あ奴にどれだけ煮え湯を呑まされたかお忘れですか。事の成行きによっては、御前の寝首も掻きかねぬ男なのですぞ」

「構わん。確かに筧は敵に廻さば油断のならぬ奴よ。したが味方につければ一騎当千の働きをする。手なずければよいのだ。わしが懐柔するゆえ探し出して参れ」

五

鹿《か》の子餅《こもち》の盛られた三方《さんぼう》が、ずいっと小次郎の前に差し出された。

小次郎と対座しているのは、三倉屋主の半蔵である。その横におオ、そして番頭の伊勢吉《いせきち》も同席している。

そこは竪大工町にある麻綿糸問屋三倉屋の奥の間で、上座に座った小次郎の左手には、緑豊かな庭園が広がって涼風を呼んでいる。

大店とはいわないまでも、三倉屋は中堅どころのそこそこの商家だ。

半蔵は横鬢《よこびん》が少し薄くなった初老だが、精力的な赤ら顔をした男で、

「牙様と仰せられましたな、折角お越し頂きましたが、当家に格別の不審はございませんので」

遠慮がちに引き取ってくれ、ということを言った。

「ふむ、しかし妙な物音や気配がして、そこな女房は夜もおちおち眠れぬと言っている」

そうだなと言って、小次郎がお才を見た。

半蔵が小次郎を断ろうとしているので、お才は立場をなくして不機嫌になっており、

「旦那様、あたしがどうなってもいいと言うのですか」

理屈に合わないことを言った。

半蔵は困って取りなすように、

「そ、そうは言ってないよ。何も取り沙汰《ざた》するようなことはないと言ってるんだ。おまえこそあたしに黙って勝手なことをして、困るじゃないか。牙様に失礼だよ」

　お才がつんと横を向く。

「番頭、おまえはどうだ。何か不審を感じたか」

　小次郎に言われ、忠犬の如き顔つきの伊勢吉は、難しい立場に追い込まれたように目許を慌てさせ、

「いえ、さあ、あたくしは……お内儀《かみ》さんの言われるような、妙な気配や物音は……」

「耳にした覚えはないか」

「はあ、そのう……何分音には疎《うと》い方でございまして」

　伊勢吉が手拭いで汗を拭き拭き言った。

　お才がきっと伊勢吉を睨んで、

「伊勢吉、おまえも随分ですね。家の裏を誰かが歩いていると、最初に言ったのはおまえではありませんか」

「あれはあたくしの勘違いで、夜廻りの父っつぁんだったんでございますよ。お内儀さんに言うのを忘れておりました」

「ゆうべ誰かが屋根の上を歩いているのだって、今朝あたしがそのことを言ったら、おまえも確かに聞いたと言ったのよ」

「ゆんべは大風が吹いておりましたんで、あれも気のせいかと」

お才が嘆くように、

「それじゃあたしの立つ瀬が……牙様にわざわざお出で頂いて、あたしはとんだ赤っ恥ではありませんか」

今にも泣き出しそうなお才を見て、半蔵はおろおろとうろたえている。

それは歳の離れた夫婦にはありがちなことで、半蔵はお才に愛娘のような感情を持っているようだ。

それで小次郎はお才に気にするなと言い、恐縮する半蔵に送られて店を出た。

そうして歩き出したところで、小次郎は不意に表情を引き締めた。

用水桶《ようすいおけ》の陰に男が一人、突き刺すような目でこっちを見ていたのだ。

さり気なく視線を流し、相手が無職《ぶしょく》渡世の目つきの悪い男であることを確かめておき、小次郎はそのまま立ち去った。

六

両国橋《りょうごくばし》の真下の大川端で、浪人体が七、八人のやくざ者に取り囲まれていた。

浪人は六尺（百八十センチ以上）豊かな偉丈夫《いじようふ》で、三十前の鋭角的な面構えだ。眼光はあくまで鋭く、分厚い唇は獰猛《どうもう》な獣を思わせた。腰に朱鞘《しゆざや》の大刀を落とし差しにしたその男は、筧刑部である。

やくざたちは筧を睨み据え、殺意をみなぎらせている。

中年の代貸《だいがし》が肩をいからせて進み出ると、

「おめえもさむれえの端くれだろう。賭場荒らしをするなんざ下《げ》の下《げ》だぜ。恥ずかしくねえのかい」

筧はふてぶてしく男たちを睥睨《へいげい》し、

「背に腹は替えられなかった。食い詰め者は恥など知らんのだ。運が悪かったと思って諦めろ」

「ふざけるな、この野郎。てめえみてえなうす汚ねえ素浪人に舐められたら、両国じゃやってけねえんだよ」

代貸は片腕をまくって彫物を晒し、

「構わねえ、半殺しにしちまえ」

子分たちが一斉に長脇差を抜いた。

猛《たけ》り狂った二人が筧に突進した。

その二人の利き腕をあっという間に両手でつかみ取り、筧がぐいっとひねった。二人が同時に悲鳴を上げ、二本の長脇差が地に落ちた。

すかさず筧が二人の片腕を無造作に骨折する。そして泣き叫んで転げ廻る二人を乗り越え、向かって来る別の二人の顔面に矢継早《やつぎばや》に鉄拳を叩き込んだ。目を切られ、鼻を折られた二人が血を噴いてぶっ倒れる。一瞬の出来事だ。残った二人は逃げ腰になっている。

その二人を放っておき、筧が蒼白で立ち尽くしている代貸に不敵な笑みで近づいた。

「おまえは親玉だ、怪我では済まんぞ」

「よせ、やめてくれ」

代貸は膝を震わせている。

「では幾らか置いてゆけ」

「て、てめえ、それじゃ盗っ人に追い銭じゃねえか」

「そうも言うが、盗っ人にも三分の理というのもある。貴様らの金は所詮は悪銭ではないか。金は天下の廻りものであろう」

「わかったぜ、持ってけ、この野郎」

小判を数枚、じゃらっと放った。

それを取ろうと筧が身を屈めた瞬間、代貸が長脇差で突いてきた。

その動きも予期していて、筧は代貸の足を払って引き倒し、長脇差を奪って胸板に突きつけた。

「殺されたいのか」

代貸は言葉を失い、両手を合わせて命乞いしている。

筧は小判を拾い集めて袂へ落とし、悠然とその場から歩き出した。

そして少し行って、悪党面に皮肉な笑みを浮かべた。

井口悌四郎と土屋外亀蔵が苦々しい面持ちで立っていたのだ。

「おれを迎えに来たのか」

筧が言い放った。

「くそったれが……相変わらずうす汚い渡世を送っているようだな」

井口が吐き捨てるように言うと、土屋も険悪な目を筧に向けて、

「われらは反対したのだ」

「したが御前がどうしてもおれの顔が見たいと、そう申したのだな」

ぬけぬけと言い、筧は突っ立っている二人の間をすり抜け、

「丁度いい、無聊《ぶりよう》をかこっていたのだ。どんな仕事でも引き受けるぞ」

二人をうながし、先に立って歩き出した。

井口は舌打ちし、土屋は唾棄《だき》してその後を追った。

七

三倉屋の裏通りは、夜更けて人っ子一人いなかった。

裏通りは竪大工町に隣接した永富町《ながとみちよう》四丁目の商家群だが、すべて家の裏手になっていて灯も消えていた。

と——。

あちこちの暗がりから男が一人、また一人と音もなく集まって来た。全員が長脇差を帯びた黒ずくめの盗っ人装束で、総勢は十人ほどになった。

頭目らしき男が手下《てした》たちを見廻し、

「ぬかるんじゃねえぞ」

押し殺した声で言った。

すると一人が、

「お頭、この十日ほどで下見は済んでおりやすから、なかにへえってまごつくことはありやせんや」

自信ありげに言った。

頭目が無言でうなずき、全員をしたがえて三倉屋の裏手へ向かった。

小次郎はその一部始終を離れた物陰から見ていて、そっと刀の鯉口を切った。

あやふやではあったが、小次郎は内儀のお才の証言を信じていた。妙な物音や気配が、決してお才の思い過ごしなどではなく、兇事の起こる前触れだと思ったのだ。

賊たちへ向かい、小次郎が歩き出したところで、突然「ぎゃっ」と手下の一人の悲鳴が上がった。

何か予期せぬことが起こったらしく、賊たちの隊列が乱れてざわめきが聞こえてきた。

小次郎はとっさに元の物陰へ戻り、そこから見守った。

賊たちが一斉に長脇差を抜き、一人の敵を取り囲んでいる。

その敵もまた黒装束で、片手で小太刀を構えている。

足許には血祭りに挙げられた賊の死骸が転がっていた。

小次郎は目を凝らし、小太刀の主を見ている。不思議なことに、どこかで会ったような既視感があった。

そしてさらに離れた所に、小太刀の主の仲間と思しき黒装束が二人、なりゆきを見ていた。

賊の二人が左右から同時に斬り立てた。

小太刀が鮮やかに閃いた。

二人が苦悶の声を上げ、倒れ伏した。いずれも一瞬の早業で斬り裂かれている。

賊たちが恐慌をきたしてどよめき、退却を始めた。

小太刀の主はそれ以上は追わず、血刀を拭って鞘に納めた。

賊たちが敗退し、消え去った。

黒装束の二人の仲間がそっと小太刀の主に寄り、そこで三人は何やら囁き合っている。

そして立ち去りかけ、一人が鋭く小次郎の方を見た。あとの二人もそれに気づいて視線を向ける。

小次郎が物陰から姿を現し、ふところ手のままで三人を見据えた。

三人の間になぜか動揺が広まった。それは小次郎を見知っているかのような反応だ。

対峙しながら、小次郎が油断なく踏み出すと、三人はすばやく身をひるがえして闇に消え去った。

「……」

面妖な面持ちで、小次郎は佇立《ちょりつ》していた。

近くでごとっと物音がした。

小次郎が見やると、三倉屋の勝手戸から半蔵がそろそろと姿を現した。そこに身をひそめ、裏手の争いに耳を欹《そばだ》てていたようだ。

「ううっ」

賊の死骸を見て半蔵がおののきの声を漏らし、それから小次郎に気づいて、

「牙様……」

かすれたような声で言った。

小次郎がふらりと近づいて来て、

「内儀が訴えていた気配や物音は、盗っ人一味の下見であった。それが今宵、押し入ろうとしたのだ」

「牙様がこ奴らを退治して下すったんですか」

「いや、おれの仕業ではない」

「では、仲間割れですか」

「それも違う。もうひと組の賊がいて、こ奴らと鉢合わせをしたようだ」

「もうひと組……」

「見事な手並であった。賊を斬り伏せたのはあっという間だ」

「………」

「ふた組もの賊がおまえの所に押し込もうとしていた。面妖とは思わぬか、三倉屋」

「………」

「何か心当たりでもあるか」

「い、いいえ、何も……お出で頂いて助かりました。これより店の者を走らせまして、町役人を呼んで参ります。町役人が来ると面倒ですので、今のうちにお引き取りになられた方が」

「わかった」

「いずれ改めまして、お礼を」

半蔵が深々と一礼する。

小次郎は行きかけ、そこで何かを思いついてふり返り、

「三倉屋」

「はい」

「おまえは元は武家なのか」

「あ、いえ、とんでもございません。なぜそう思われますか」

「なんとなくな、おまえが只の商人ではないように思えたのだ」

「ご冗談を。わたくしはお武家とは縁もゆかりもございませんよ」

そう言う半蔵の言葉に、小次郎はどこか嘘を感じていた。

どこにでもいる商人のように見えるが、この三倉屋半蔵という男には隙がなく、その身ごなしに武芸で鍛えた者特有の張り詰めたものがあった。最初に会った時はそういう思いを抱かなかったが、今はうさん臭さが濃厚だ。

（つまりは商人になりすました、何者か）

なのである。

それで武家者かと鎌をかけたのだが、そのことは間違ってはいないと確信した。

いずれにしても今宵の出来事とこの半蔵が、とても無関係とは思えなかった。

盗っ人一味の方はともかく、あとの三人組が問題なのだ。

そして小太刀の主に対して、おのれ自身が既視感を抱いたことも忘れていなかった。小太刀を使うとなれば、女剣士なのだ。

小次郎は尽きせぬ謎を感じていた。

「……そうか」

しかし小次郎はあっさりと半蔵に言って、立ち去った。

半蔵はその場に佇み、暗い目でいつまでも一点を凝視していた。

八

間宮の屋敷の書院で、間宮左近将監と筧刑部が密談を交わしていた。

さらに夜も更けて、耳の痛くなるような静寂が辺りを支配している。

「加藤継之助、成瀬又八、共にあえなく討ち死に致したのですな」

筧の言葉に、間宮が苦々しくうなずき、

「わしは信じられん思いなのだ、筧」

「はあ」

「これまで両名はぬかりなく仕事をやり抜いてきた。どの地にいても身分が発覚することはなく、咎めを受けたことなど只の一度もなかった。ある地では二年もの間そこに住みつき、草同様にして諜報を行っていた。それでも事の露見はなかった。そういうことを加藤と成瀬はわしに自慢しており、奴らは隠密として熟達の士のはずだったのだ」

草というのは、忍者がその地の人間になりきって生活をし、何食わぬ顔で隠密活動をつづけることである。

「よくわかりますぞ。滅多に人を褒めそやさぬそれがしでさえ、加藤と成瀬には一目置いておりました。どのような密命であれ、二人の上手の手から水が漏れることはなかった」

筧が無表情に言う。

「それがどうだ、一撃にして仕留められたのだ」

筧が考え込み、唸るような声を発して、

「うぬぬ……これは長岡藩の仕業ではござるまい。戦国の世ならいざ知らず、田舎大名の許にそのような手練がいるとはとても思えません」

「では何者の仕業と思う」

筧が傲岸《ごうがん》な笑みを浮かべ、

「はてさて、そうなると推測のしようがありませんな。御前は大目付として諸国に間者を放ち、弱みのある藩を取り潰して参られた。それがしとてかつては密命を頂いて働いたことがある。またよしんば改易を免れた場合は、御前はその藩より莫大な裏金を得ている。ゆえに御前への怨嗟《えんさ》の声は尽きることはないのです。いつどこで、誰に命を狙われても不思議はない。今もどこかで、御前への呪いの藁人形《わらにんぎょう》が作られているやも知れんのです」

「そこまで申すか、貴様。藁人形は言い過ぎであろう」

「そうですかな」

「ふん」

間宮が筧をひと睨みしておき、

「加藤も成瀬も、かつてのおまえの仲間ではないか。そのとむらい合戦をしてやる気にはならんのか」

筧は仲間の死にはみじんも心動かぬ様子で、

「われら風魔《ふうま》に情で訴えてもそれは無駄と申すもの。末は野面《のづら》に屍《しかばね》を晒す身なれば、おのおのが一匹の狼と思し召し下されよ」

「で、ではわしの頼みは……」

「幾らでござるかな」

「なに」

筧が野卑な目になり、指を丸めて、

「金がすべてで生きておりますれば」

「ふん、腐り果てた奴め」

「何を申される。この泰平の世にあって、忍《にん》を生業として生きるは並大抵ではないのですぞ。命を的にお手伝いをするのですから、金で割り切らせて頂くしかほかに手立てはござるまい」

もっともらしい顔で嘯《うそぶ》いた。

「もうよい、わかった」

間宮が手文庫を引き寄せ、なかから切餅二つを取り出して差しやった。

切餅一つには一分銀が百枚入っており、それで中身は二十五両ということになる。

「五十両だ。これで敵の正体を突きとめよ」

「突きとめし後は、なんと致しますかな」

間宮が因果を含めるかのように、

「言わずもがなのことを申すな」

「はっ、委細承知」

筧が切餅をふところへ確《しか》と納めた。

九

石田の家の離れへ来るなり、三郎三は首筋の大汗を手拭いで拭き、

「調べてめえりやしたぜ、旦那」

小次郎に向かって言った。

三郎三に頼まれたらしく、女中が湯呑みに容れた水を持って追うようにしてやって来た。

三郎三はそれを「おう、すまねえ」と言って受け取り、一気に水を飲み、女中が去ると大きくひと息吐いて、

「三倉屋の旦那が今の竪大工町に店を出したのは、丁度三年めえでさ」

「その前はどこにいた」

小次郎が問うた。

「いえ、そのことに関しちゃ誰も知りやせんね。それから店を出して一年くれえ経ってから、お才さんを嫁に貰ったそうなんで」

「お才はどこの出だ」

「親父は本所の方で飛脚をやっておりやす。今も元気だそうで。歳の差はありやしたが、立派なお店《たな》の主に輿入《こしい》れできて、お才さん所じゃ一家中みんなで喜んだとか」

「お才は後添いなのか」

「三倉屋の旦那に先妻がいたとは話に出やせんから、あの歳まで独りだったんじゃねえんですかね」

「三倉屋はどこで商いを習ったか、それはどうだ」

「そういう昔の話んなるとさっぱりなんですよ。親戚もいねえようで、番頭の伊勢吉さんなんぞは、半蔵旦那の身内は一人も見たことがねえと」

「商いの腕はあるのか」

「初めのうちは見様見真似《みようみまね》みてえでしたが、熱心な人らしく、すぐに呑み込んだとか。実は伊勢吉さんはさる同業から引き抜いてきた人で、それだけに半蔵旦那は伊勢吉さんに厚い信頼を置いてるみてえでさ」

「つまり商いは素人《しろうと》だったのだな」

「へえ、まあ、どっかにとっかかりはあったんでしょうが、たぶんそういうことかと」

「商いの方はどうかな」

「今んところ、順調みてえで」

「そうか……」

言ったきり、小次郎は物思いだ。

「ところで旦那、三倉屋さんのどこが怪しいんですかい。半蔵旦那はあの通り素《す》っ堅気《かたぎ》ですからね、詮議を受けるような人じゃありやせんぜ」

「それはわかっているがな、ちと気になったのだ」

「何が気になったんで」

「三倉屋の素性だ。おれは元武家者と見た」

「へえぇ、そいつぁまた……けどお武家だったらなんだってんです。さむれえに見切りをつけて、商人になってうまくいった人なんてごろごろいやすよ」

「只の侍ではないと思ったのだ」

「只のさむれえじゃねえ……」

三郎三がおうむ返しに問い直すところへ、慌ただしい足音がし、お才が小夏と共に渡り廊下を駆けて来た。

「牙様、ああっ、牙様」

お才は小次郎の前にぺたんと座り、嘆きの顔になって、

「これを読んで下さいまし」

皺くちゃになった書状を差し出した。

小次郎が手にして読み入る。

それは三倉屋半蔵からお才へ宛てた去り状で、一身上の不都合が生じ、離縁したい旨《むね》が認《したた》めてあった。そのわけについては一切触れておらず、身代はすべてお才に譲り、後顧《こうこ》の憂いなきようにしたいと書いてある。そして短い間ではあったが、楽しかったお才との歳月が連綿と綴《つづ》られ、書状は半蔵の後ろ髪引かれる思いがひしひしと伝わってくるものであった。

読み終え、小次郎は半ば茫然となった。

三郎三が横から書状を拝借して読み入る。

「ああっ、うちの旦那様はどうして……あたしのどこが……」

お才は号泣して突っ伏し、小夏がそれを慰めながら、

「旦那、これはどういうことなんでしょう」

と言った。

しかし小次郎としても答えようがなく、

「お才、半蔵が消えたのはいつのことだ」

手拭いで目頭を拭いながら、それでもお才は気丈に、

「朝になったらあたしの枕許にその書きつけがあったんです。その時にはうちの人はもういなくなっておりました。それと路銀かと思われますが、手許金の十両がなくなっていたんです」

「……」

三郎三が表情を引き締めて、

「旦那、ゆんべ三倉屋さんで盗っ人騒ぎがあったことはご存知ですかい」

小次郎が無言で三郎三を見た。

「仲間割れかなんか知りやせんが、盗っ人の一味と思われる身許のわからねえ黒装束の男三人が、三倉屋さんの裏手でなんと斬り殺されていたんですよ。それで町役人から知らせがあって、寝てたとこを叩き起こされて駆けつけやした。その時の半蔵旦那は、あっしらにちゃんと応対してたんですがねえ」

小夏はすでにお才からその件を聞かされているらしく、驚きは見せなかった。

「いや、それは知らなかったな」

昨夜のことを打ち明けるわけにはゆかず、小次郎は曖昧にぼかして、

「お才、半蔵の在所はどこだ」

「在所でございますか……うちの人、そういう話はあまりはっきりとは言わなかったものですから……」

暫し考えていたが、

「ああ、前に一度……確か小田原《おだわら》だと」

「小田原……」

小次郎がつぶやいた。

(東海道か)

小田原は江戸より二十里二十丁だから、今頃半蔵は川崎宿《かわさきしゅく》を過ぎた辺りか。

小次郎が思念に耽った。

「こんなこと言っちゃなんだけど、おれの勘だとよ、半蔵旦那はもう戻らねえような気がするなあ」

三郎三が言うと、小夏が猛反撥《もうはんぱつ》で、

「何言うんですか、親分。そんなことわからないじゃありませんか。いなくなったのは一時《いっとき》の気の迷いかも知れないし、あたしはこれからみんなで心当たりを探して

みるつもりでいるんですよ」

「そうですよ、心当たりなら幾つかあるんですから。そんな言い方しないで下さいな、親分。ひどいわ、あんまりですよ」

女二人に抗議され、三郎三は辟易《へきえき》して謝っている。

小次郎のなかで、疑惑が渦巻いていた。

盗っ人一味とは別のもうひと組——あの三人の出現が、半蔵に逐電《ちくでん》を思い立たせたのではないのか。つまり半蔵は身の危険を感じたのに違いない。

(これは放っておけんな)

小次郎は胸の内で決意した。

十

六郷川《ろくごうがわ》を渡って川崎宿を過ぎ、鶴見《つるみ》を越えて生麦村《なまむぎむら》にさしかかった。

そこの街道を外れたところで、半蔵はひと息つくことにした。

日本橋から歩きづめに来て、息つく暇もなかった。

商人の暮らしに馴れきっていたから、旅はどんなものかと思ったが、歩行の技は衰えていなかった。昔取った杵柄《きねづか》というやつだ。

草むらに腰を下ろすと、左手の松並木の遥か彼方に本牧《ほんもく》の沖が見えた。波の打ち寄せる音が潮風に乗って聞こえてくる。

道中荷のなかから竹皮の包みを取り出し、それを解いて、握り飯をつかみ出して食らいついた。竹筒の水を喉を鳴らして飲む。

腹は減っていたものの、だが飯も水も味がなかった。

不意に嗚咽がこみ上げ、咽《むせ》び泣いた。

お才が恋しくてならなかった。

「ううっ、お才……」

立てた両膝の間に顔を埋めた。

半蔵はかつては隠密であった。

その苛烈な世界から身を引き、行方をくらまし、商人になって暮らしたこの三年は忘れ難いものであった。いや、過去からの追跡者さえなければ、そして誰にも正体を見破られなければ、このまま一生、麻綿糸問屋の三倉屋半蔵として生きつづけたかった。

盗っ人一味とは別のもうひと組——それが忌まわしい過去から、半蔵を追いかけて来たのである。

それを受けて立つつもりはなかった。さりとて、お才を道連れにするわけにもいかなかった。

追跡者に命を狙われるのはやむなしとしても、しかし半蔵の胸のなかに理不尽な思いはつきまとっている。過去の非道な行いとはいえ、それは半蔵の意思でやったことではないのだ。私利私欲ではなく、ある御方の下命にしたがったまでのことである。

その下命の下、幾つかの藩を不幸に陥れてきた。それさえも心を鬼にしてやったことだった。だから追跡者がどこの藩の者なのか、半蔵にはわからない。わからないが、成敗されるに十分なことをしてきたのだ。

幾星霜《いくせいそう》を経て、生きてさえいればまたお才に会える。四十近くになってから初めて堅気の女と交わった。それが半蔵の人生観を大きく変えた。ゆえにこうして、みっともないが生にしがみつく気になったのである。

かさっ。

草を踏む音がした。

とっさに取った半蔵の行動は速かった。

何もかも捨て、草むらを転がって窪地《くぼち》へ身を投げた。
そこで身を伏せ、息を殺して辺りの様子を窺った。
樹木を揺らせ、穏やかな風が吹いていた。
人影はなく、のどかな小鳥の囀《さえず》りだけが聞こえ、赤とんぼの群れが飛んでいる。
向こうの街道を、旅人がのんびりと通って行くのが見える。
(気のせいか)
そう思った刹那《せつな》、半蔵の耳をかすめて何本もの手裏剣《しゅりけん》が間を置かずに鋭く飛来した。
樹木に突き立った手裏剣を見て、半蔵の形相が一変した。
それは卍《まんじ》手裏剣であった。
道中差《どうちゅうざし》を抜き放った。
しかし敵は姿を見せない。
「どこだ、どこにいる、出て来い」
身を伏せたまま、必死に叫んだ。
相変わらずの静寂だ。
焦慮にかられ、脂汗が浮き出た。

その姿勢で腹這いで退却を始めた。

前ばかり見ていた半蔵の顔に、ずきんと恐怖が走った。

後方に人の気配がした。

「……」

恐る恐るふり向いた。

女が三人、立っていた。

見たこともない女たちだった。

由宇、胡蝶、小萩である。

巫女姿ではなく、地味な小袖を着ている。

今日の三人は怖ろしげな鬼女のような表情になっていた。小次郎に見せた、あのまろやかでふくよかな笑みはどこにもなかった。いや、これが本来の彼女たちの素顔なのか。三人は共に殺戮者《さつりくしゃ》の目になっている。

「だ、誰だ、おまえたちは」

半蔵がさっと立ち上がり、油断なく道中差を構えて言った。

「室賀《むろが》半蔵、覚悟致せ」

由宇が語気を強くし、吐き捨てた。

「待て、わたしは室賀半蔵などではない。そんな男ではない。間違いだ。人違いで殺されたのではたまったものではないぞ」

　半蔵が見せかけの抗弁をする。

　由宇が氷の微笑を浮かべ、

「なぜ命を狙われるか。おのれの犯した罪が多過ぎて見当がつかぬのであろう。この鬼畜外道めが」

「な、なに……」

　三人がじりっと迫った。

　囲みは破れそうになかった。

「その構え、気配……もしやおまえたちは武田《たけだ》の透波《すっぱ》ではないのか」

　そう言い、半蔵ははっと何かに思い当たって、

「そうか。柘植藩《つげはん》のあの一件か」

　驚愕の目になった。

　女たちは何も答えない。いつしかその手には懐剣が握られ、刃先が陽光を浴びて光っていた。

「はっ」

不意に小萩が気合を発し、地を蹴って身を躍らせた。
それに応戦するつもりで、半蔵が白刃を構えた。
だが小萩のそれはめくらましで、胡蝶が横手から突進して来た。
間一髪で胡蝶の懐剣を躱《かわ》し、道中差を閃かす半蔵が、次には異様な唸り声を上げ、
そして信じられないような目になって佇立した。
背後から抱きつくようにして、由宇が半蔵の背を深々と刺突したのだ。
それらはすべて一瞬の出来事であった。
「ああっ」
虚空をつかんだ半蔵が棒立ちとなり、その手から道中差が落ちた。
由宇がすかさずその躰を蹴り倒し、馬乗りになった。そして留めを刺そうとした
瞬間、凄まじいつむじ風が捲《ま》き起こった。
目を開けていられない砂塵に、女たちの動きが止まった。
その砂煙のなかから、小次郎が忽然と姿を現した。
すると小次郎を見た女たちに、一様に動揺が広がった。
由宇がすばやく半蔵の躰から離れ、胡蝶、小萩と共に退いて身構えた。
半蔵は苦しげに身悶え、地を這っている。

小次郎が三人を冷やかな目で見廻し、

「これは驚きだな。忍びだったのか、おまえたちの正体は」

「お待ちあれ、お手前様に刃を向けるつもりは毛頭ありませぬ。われら、わけあってこの者を仕留めねばならぬのです。どうか何も言わずにこの場よりお立ち去り下さい」

由宇が真摯に訴えた。

小次郎はかぶりをふって、

「そうはゆかぬ。義を見てせざるは勇なきなりと申そう。三倉屋とは些《いささ》かゆかりがあってな、このまま見殺しにはできぬのだ」

「われらと闘うご所存か」

小萩が眉を吊り上げ、毅然《きぜん》とした声で言った。

小次郎はその小萩へ失笑を向け、

「そのような姿、おまえには似合わぬぞ。おちゃっぴいな娘に戻ったらどうだ」

「おのれ」

猛る小萩を制し、胡蝶が前へ出て、

「牙殿、よもやこのような修羅場でお会いするとは思ってもいませんでした。残念でございます。されどわれらの行く手を阻《はば》むおつもりなら、本日これより敵と見なしますぞ」

「おれも残念だぞ。しかしどのようなわけがあるにせよ、殺戮はよせ。不毛ではないか」

「聞く耳持ちませぬ」

由宇が言い、二人に鋭くうながした。

三人がぱっと散って殺気をみなぎらせ、円陣を作って小次郎を取り囲んだ。

だが小次郎はだらりと両手を下げたままの姿勢である。刀を抜く気配はなかった。

だがそこには一分の隙もなく、目に見えぬ強大な威圧を発している。

一歩踏み込めば、抜き打ちに小次郎に斬られる。

それがわかって、女たちはたじろいだ。

「どうした、掛かって参れ」

小次郎は皮肉なうす笑いだ。

女たちの額にうっすら汗が滲んだ。

小次郎から受ける圧迫は息苦しいほどで、歯が立たなかった。

「牙殿、もう二度とお会いすることはございますまい」

由宇が決断して言い捨て、胡蝶、小萩と共に風を食らって消えた。

小次郎は三人を追わず、虫の息の半蔵に身を屈めて、

「三倉屋、おれだ、わかるか」

半蔵は地に伏したままで微かにうなずき、

「そ、それがし、牙殿をたばかっておりました。わたしは実は室賀半蔵と申し……」

「よい、三倉屋半蔵でよい」

「はっ……」

「おまえも元は忍びなのだな」

半蔵が苦しい息の下から、

「わたしは風魔党の生き残りなのでございます。しかし三年前より隠遁《いんとん》致し、商人になったのです。それで忍の生業とは手を切ったつもりでおりました」

風魔党は戦国の頃、小田原北条家《ほうじょうけ》に召し抱えられた忍者軍であった。その末裔《まつえい》たちがこうして野に放たれたものと思われた。

「では商人になる以前は何をしていた」

「幕閣のさる御方に雇われ、隠密として働いておりました」

「その者の名は」

「……」

「構わぬ、申せ」

「大目付、間宮左近将監様」

「ふむ、ではその折に怨みを買ったのだな」

「はい、幾度かそういうことを……今の忍びどもに心当たりが……あれは武田忍者に属する歩き巫女と申すくノ一なのです」

「歩き巫女……」

甲斐国《かいのくに》の武田忍者のなかで、くノ一のことは歩き巫女と呼ばれていた。それは遥か戦国の世からひそかに伝承されたものであった。

「して、あ奴らに怨まれる覚えは」

半蔵が苦しい顔でうなずき、

「三年前のことでございます。甲斐国柘植藩一万二千石を取り潰すため、ほかの仲間三人と共に奔走《ほんそう》致しました」

「それで、どうした」

「はっ……結句《けっく》は間宮様の権力で、柘植藩はお取り潰しに」

「取り潰されるだけの落ち度が、柘植藩にあったのだな」

「いえ、一切ございませぬ」

「なんと」

「すべてはでっち上げだったのです」

「それは……」

　小次郎が絶句した。

「われらは今の歩き巫女たちに命を狙われて当然のことをしたのです。ですからこれはその報いかと……柘植藩は武田家のお身内でしたから、恐らくゆかりが……そこからあのくノ一たちが放たれたものと」

「大目付の命でどのようなでっち上げをしたというのだ」

　小次郎が問うと、半蔵は「うっ」と苦悶の声を上げ、胸を掻きむしるようにした。

その面上にはすでに死相が表れている。

「これ、半蔵」

「お、お才に……ひと目……」

　そうつぶやき、半蔵は絶命した。

　それはまさに、野面で果てる忍者の宿命そのものの死に様であった。

「……」

無残な思いで、小次郎が立ち上がった。

そこへまたつむじ風が吹き上げた。

十一

「あと二人……」

囲炉裏《いろり》で雑炊《ぞうすい》を煮込みながら、由宇が重い声で言った。

雑炊を煮る大鍋から湯気が立ち昇り、いい匂いをさせている。

土間で懐剣を研《と》いでいた胡蝶と小萩が、それぞれ手を止めて由宇を見た。

三人は江戸へ戻っていて、そこは下谷金杉村《かなすぎむら》にある隠れ家だ。

廃屋同然の百姓家に手を入れたもので、土間に板敷、囲炉裏があり、奥には部屋が二つほどあった。行燈はつけず、囲炉裏の火だけを明りにしている。それは常に人目につかぬための、忍者独特の生活ぶりだった。

家の周りは田園地帯で、早くも先駆けのようにしてわずかな秋の虫が集《すだ》いている。

夏も盛りが過ぎたのか、夜は深々と冷えていた。

胡蝶と小萩も囲炉裏へ来て座り、そこで椀の雑炊を口に運びながら、

「あとの二人は手強そうで、身の竦《すく》む思いが致します。わたくしの命は何やら、風前の灯《ともしび》のような気がして……」

小萩が少し臆病な面を見せて言うと、二人は見交わして頬笑《ほほえ》み、

「小萩、おまえは死ぬ気でいるのですか」

由宇が言った。

「死にたくはありませんが、間宮左近将監、筧刑部、いずれもわたくしの腕では敵《かな》いそうもありませんので」

「勝敗は時の運ですよ」

胡蝶が励ますように言い、

「小萩、われらの信念は岩をも通すのです。臆してはなりません。亡くなられた方々の無念を思い起こし、みずからを奮い立たせて下さい」

「はい、でも……わたくしは由宇殿や胡蝶殿のように気丈ではありませんので」

「わたくしを気丈と思うているのですか」

由宇が笑みを含んだ目で言う。

すると小萩はこくっとうなずき、「それはもう」と少し声を大きくして言った。

由宇は静やかに笑って、

「それは違うのですよ、小萩。人は皆おなじなのです。敵に刃を向ける時、わたくしはいつもその場から消えてしまいたいと思います。心の内では怕《こわ》いのです。でもそれでは敵を取り逃がしてしまいますから、みずからを鼓舞し、立ち向かいます。でもそうすると何かが吹っ切れて、何も感じなくなります。ですから常にわたくしは捨て身なのですよ」

「ええっ、そんな……由宇殿はいつも落ち着いておられますから……」

「それは虚勢ですよ。敵に弱みを見せないためなのです」

「小萩、わたくしとて由宇殿とおなじなのですよ」

胡蝶が小萩へやさしい目になり、

「よいですか。国を出る時、信玄《しんげん》公のお墓に詣《もう》でましたね。何を祈りましたか」

「かならず仇《かたき》を討って帰ると……それから信玄公に武運長久を願いました」

「それなら心をもっとしっかり持つことですね。われらには信玄公がついていると思いなさい」

「そうですね、ではそのように」

小萩が屈託のない笑みを浮かべ、雑炊を啜った。

胡蝶が由宇へ真顔を向けると、

「間宮に呼び寄せられた後の筧の動きが、まるで見えてきません。わたくしは不安でならぬのです」

「恐らく筧はわれらの討伐を命じられたのでしょう。油断はなりませんね」

胡蝶がうなずき、一点を見て、

「加藤継之助、成瀬又八、室賀半蔵、そして筧刑部……そのなかでは筧が一番の強敵であり、もっとも権謀術数《けんぼうじゅつすう》に長《た》けた男です。わたくしはあの邪《よこしま》な男にだけは討たれたくありません」

「いいえ、もっと討たれたくない相手は、間宮左近将監です。わたくしは八つ裂きにしてやりたい思いでいますよ」

「由宇殿、かならずや両名の素っ首を」

由宇が覚悟の目でうなずいた。

突然——。

油障子が蹴り倒され、筧刑部が悪鬼の形相で飛び込んで来た。すでに抜刀して抜き身を握っている。

由宇、胡蝶がとっさに身を躍らせ、部屋の隅に立てかけた忍者刀に飛びついた。

そのうちの一ふりを由宇が投げ、小萩が取った。

その時には筧は土間からはね上がり、由宇と胡蝶に向かって兇暴に白刃を唸らせた。

「あうっ」

その筧が不意に呻いた。

小萩が煮えた椀の雑炊を筧の顔にぶっかけたのだ。

汁が目に入り、筧が方向を失い、やみくもに暴れる。

女三人が一斉に忍者刀を構え、筧を取り囲んだ。

「おのれ、筧刑部。よくぞここが」

胡蝶が言った。

筧はようやく顔の汁を取り去り、

「蛇《じゃ》の道は蛇《へび》と思え、甲斐の田舎忍者め。われらが行いしことに何ゆえ怨みを抱くか。忍の道に外れておろう」

「それがどうした。おまえたちは人の道を踏み外した外道ではないか。これだけは許せぬのじゃ。われらが天誅《てんちゅう》を与えずして誰が事を成そう。この世の果てまでも追い詰める所存ぞ」

由宇が言い放った。

「笑わせるな、腐れくノ一どもが」

怒号した筧が踏み出し、兇刃をふるった。

六尺豊かなこの男が暴れるとそれはまるで怒り狂った雷神のようで、さしもの由宇たちも防戦に必死となった。

囲炉裏から壮烈に灰神楽《はいかぐら》が上がった。

胡蝶と小萩は土間へ逃げ、由宇が部屋の隅へ追い詰められた。

「くたばれ」

牙を剥いた筧が斬り込んだ。

由宇がそれに応戦し、白刃と白刃が烈しく闘わされて火花が散った。

胡蝶と小萩は再び板敷へ上がり、背後から筧を狙う。

だが筧はその二人へ刀を走らせて牽制《けんせい》しておき、執拗に由宇に向かう。その膂《りょ》力《りょく》は凄絶で、由宇がしだいに押しまくられた。

さらにここを先途と、筧が攻撃する。

「とおっ」

雷のような筧の怒号だ。

その刃を躱し、一瞬の隙を衝き、由宇が決死の面持ちで忍者刀をふり下ろした。

篁の左腕が上腕から切断された。

「ぐわっ」

腕の付け根から洪水のような鮮血が噴出する。

「腕が……わしの腕が……」

篁が悲鳴にも似た声を発し、わらわらとうろたえて身を屈め、落ちた片腕を拾ってそれをふところへねじ込んだ。

そこへ胡蝶と小萩が躍りかかり、烈しく斬りつけた。

篁は怯まず、残った右腕で縦横に刀をふるい、反撃する。

その豪胆さに、三人は圧倒された。

「わしが斬れると思うてか。束になっても敵うまいぞ」

唸り声を上げげ、篁が身を躍らせた。

その眼前、轟然《ごうぜん》と鳥の子《とりこ》が爆発した。

それは忍者が用いる火器で、爆発時に大音響と共に煙が出る煙幕弾の一種である。

家のなかは白煙がたちこめ、何も見えなくなった。

「おのれ、おのれい」

ぎりぎりと歯嚙《はが》みして筧が探しまくる時には、すでに女たちの姿は消えていた。

十二

その団扇売りの爺さんはよたよたとした足取りでやって来て、道端にどっこらしょっとしゃがみ込み、まずは商売道具の弁慶《べんけい》を横に置いた。それから莨入《たばこい》れを腰から外し、煙管《キセル》を取り出して葉を詰め、胴火で火をつけると一服を始めた。

弁慶というのは太い竹筒に幾つもの孔《あな》を開けた売り道具のことで、そこに団扇を沢山差してあるものだ。

爺さんは菅笠《すげがさ》を被り、日焼けした顔で、目を細めていかにもうまそうに莨を吸っている。その名を義平《ぎへい》という。

そこは御曲輪内大名小路で、義平のすぐ目の前は間宮左近将監の屋敷であった。

義平の目は皺かと見紛《みまが》うほどに細く小さく、それが時折あらぬ方へ視線を投げている。目つきは決してよくはなく、義平は無表情でいながら、間宮の屋敷の音や動きを探っているようにも見える。

そこへすらっとした長身の武士が、向こうから歩いて来た。

武士は一文字笠を被り、明るい浅葱色《あさぎいろ》の小袖を着て、刀は黒漆《くろうるし》の鞘の一本差しである。

浪人にしては垢抜けた風情なので、義平は行き過ぎる武士の笠の下の顔をさり気なく見た。

その時、小次郎もすっと義平を見た。

小次郎と目が合うと、義平はすぐに視線を逸らした。

数歩行った小次郎が、何を思ったか戻って来た。

「幾らだ」

「へい、錦絵の団扇なら二十文で」

思いの外、義平の声は若い。

「それを貰おう」

小次郎が袂から出した銭を払い、義平から派手な錦絵の団扇を受け取った。

「朝晩はようやく涼しくなったが、日中はまだ暑いな」

小次郎が早速、団扇を使いながら話しかけた。

「そうでござんすねえ、つくつく法師《ほうし》が鳴いてるうちはまだまだいけやせんや」

「そうだな」

「ここいらじゃついぞお見かけしやせんね、旦那」

「ふん、確かに浪人者がぶらつくような所ではないな」

「いえ、そういうわけじゃ……」

「しかしこんな所で団扇を売り歩くというのも、変な話だぞ」

「え、そいつぁ」

義平が何か言いかけた時には、小次郎は背を向けて歩き出していた。

その義平を、三人の男が一方から覗き見ていた。

それは間宮左近将監、井口悌四郎、土屋外亀蔵で、屋敷の木戸を細目に開け、義平にわからないように代る代る見ている。

「あの男を見かけるのはこれで三度目でございます」

木戸を閉め切って、井口が言い、

「最初は苗売り、次が貸本屋、そして今日の団扇売りです。どう思われますか、御前」

「………」

間宮は何も言わず、敷石を踏んで母屋の方へ向かった。井口たちもそれにしたがう。

「あの老いぼれが御前のことを探っているというのか」

土屋の言葉に、井口が首肯《しゅこう》して、

「そうとしか考えられまい」

「お城で気になる話を耳にした」

間宮が背中で言った。

二人がさっと間宮の前に廻り込む。

「目付筋の誰かがわしの行状を調べているというのだ」

井口と土屋の間に緊張が走った。

間宮がつづける。

「それが真なら許し難きこと。目付の分際で大目付を調べるなど言語道断じゃ。十人の目付のなかの誰なのか。そういう分をわきまえぬ輩《やから》は我慢がならんわ」

間宮の声には怒気が含まれている。

「確かでございますか、それは」

ごつごつした顔を怒らせるようにして土屋が言った。

間宮はそれには答えず、

「今の老いぼれ、ひっ捕えて参れ。わしの調べがどこまで進んでいるか、拷問にかけて白状させてやる。それで目付の正体がわかる」

「はっ」

井口がうながし、土屋が急ぎ立ち去った。

「筧はどうしている」

間宮が問うと、井口は小気味よさそうな笑みを浮かべ、

「毎晩蔵で痛みに唸り声を上げ、寝込んでおります。当初は医者に当たり散らして手がつけられませんでしたが、この数日でようやくおとなしくなりました」

筧に反感を持っているだけに、ざまあみろという顔だ。

「あ奴、使いものになるかの」

「わたしも初めはそう思いましたが、片腕を斬り落としたくノ一に凄まじい怒りと執念を持っております。疵口《きずぐち》さえ治癒致さばかならず復讐に立ち上がりましょう。あ奴の虚仮《こけ》の一念で敵が滅びれば、それでよいのです」

「うむ、こちらの思いさえ遂げることができれば、奴はお払い箱じゃ」

そこで間宮は傲慢《ごうまん》な表情になり、ぴんとはねた武将髭をやんわり撫でて、

「ふん、さても卑しき風魔党めが。この泰平の世に忍びなど、所詮は時代遅れなのだ」

そう言った後、高らかに哄笑《こうしょう》した。

そうして間宮は井口と別れ、母屋へ入って行った。

やがて長廊下を来て、裏庭の見える所で立ち止まる。

木々の向こうに蔵が見えていた。

間宮は庭下駄を履き、筧の様子を見ようと蔵へ近づいて行った。

すると蔵の前に一人の下婢《かひ》が佇み、蔵の様子を窺うようにしていた。

下婢は由宇の化けた姿で、間宮家の仕着せを着て髪を無造作に束ね、顔も汚している。

間宮の気配に気づき、由宇は慌てることなくさり気なく頭を下げ、立ち去った。

それに間宮は特別な不審は持たなかった。

屋敷に抱えている下婢は大勢いるから、顔などほとんど知らないのだ。それに由宇の態度はいかにも自然だった。

蔵へ近づき、そこで間宮は筧と話す気が失せたのか、やおら身をひるがえした。

木陰からすっと由宇が顔を覗かせ、間宮を見送って消えようとした。

ざざっ。

その時、上から何かが落ちてきたような音がした。

由宇はふっと見返って目を走らせるが、何事もないのでそのまま消えた。

何かが落ちたのは蔵の屋根からで、屋根瓦《やねがわら》に身を伏せた筧が不自由な片手を突き、それがために足許より細かな土砂がこぼれ落ちたのだ。

かっと煮え滾《たぎ》るような目で由宇を見ていた筧が、すばやく屋根から身を躍らせた。

十三

山下御門《やましたごもん》を渡って山城河岸《やましろがし》まで来ると、義平はすっと背筋を伸ばし、姿勢がよくなった。

弁慶は肩に担いでいる。

よたよた歩きでなく、歩速も速い。

老いぼれは偽装で、六十過ぎに見せかけているが四十の後半か。実際はもっと若いようだ。

その時、不穏なものを感じ、義平の目が油断なく四方に流れた。

山下御門を、土屋が五、六人の間宮家家臣と共に渡って来るのが見えた。

「いたぞ、あ奴だ」と言う土屋の声が聞こえる。

義平が走った。

河岸沿いにどこまでも走る。

落ち着きを失い、泡を食っている。

追手は河岸沿いにぐんぐん迫って来る。

「おい」

呼ばれた義平がはっと見やると、御堀沿いに一艘の川船が停まっていて、小次郎が竹竿《たけざお》を操っていた。

「こっちだ、飛び乗れ」

小次郎が義平に言った。

相手が何者かわからず、義平はとっさに迷う。

しかしさらに追手は近づいて来る。

「早くしろ」

小次郎に急かされ、義平が「ええい、ままよ」と、弁慶を担いだままで河岸の下まで下り、そこから跳躍した。どさっと船底に着地すると、大きく揺れた。

小次郎が巧みに竹竿を操り、船は御堀を走るように突き進む。

追って来た土屋がそこで立ち止まり、家臣らと共にやむなく船を見送った。

昼間の人目のあるなかで、大きな騒ぎは起こせなかった。

「おのれ……」

土屋が切歯した。

一文字笠に隠れ、小次郎の顔は見えなかった。

船は御堀を北東へ向かい、呉服橋《ごふくばし》をくぐった辺りから小次郎は流れに任せ、義平と向き合った。

「只の団扇売りではないと、はなから思っていたぞ」

悪戯《いたずら》っぽい目で小次郎が言った。

義平は顔を背け、硬い表情でいる。

そして小次郎の方を見ずにぶっきら棒な口調で、

「お助け頂いて、どうも恐れ入りやす」

と言った。

「あの侍どもになぜ追われた」

「さあ、とんと見当もつきやせんね」

空《そら》っ惚《とぼ》けてみせる。

そうして小次郎のことを、探るようにちらちらと見ている。

「どこかの密偵か、おまえは」

「そう言うそちらさんは何者なんですかい」

「うふふ、なんに見えるかな」

「わかりやせんね。さっきのさむれえたちよりうすっ気味悪いや」

「そうかも知れん」

「どうしてあっしを助けたんですか。この船は旦那のですかい」

「いや、かっぱらったものだ」

「なんと……」

「おまえは間宮左近将監のことを探っているな。違うか」

「何も言えやせんね。口が裂けたって喋りやせんぜ」

そう言うだけあって、義平は頑固一徹らしく、強固な意思を感じさせた。

小次郎がふっと苦笑し、

「おれには身分がない。見ての通りの素浪人だ。住まいは神田竪大工町、江戸に一軒の纏屋の石田の家に間借りしている。おれを不審に思うなら、近所で聞き込みをしてみるのだな。怪しい節はないぞ。その上で訪ねて参るがよい」

「あ、あっしに訪ねて来いとおっしゃるんですかい」

「目指すものがおなじなら話は早い方がよかろう。実はな、おれも間宮のことを調べているのだ」

「へっ？　旦那も……」

義平の目がうろうろと泳いだ。

「どうかな」

「考えさして下せえ」

「よかろう」

小次郎が岸に船を着けた。

義平は弁慶を担いで船を下りると、

「お助け頂いた恩は忘れやせんぜ」

律儀な様子で頭を下げた。

小次郎はそれには何も言わず、

「待っているぞ」

とだけ言って船を漕ぎ、流れ去った。

十四

一石橋《いっこくばし》で船を捨て、小次郎は幕府の蔵地を過ぎて西河岸町《にしがしちょう》へ入った。

さらに呉服町へ向かうと、そこは各種問屋がひしめき合い、江戸前蒲焼《かばやき》や安宅松《あたかまつ》の鮨《すし》などという名店があって、大層賑わっていた。

日本橋南の界隈は、総じてこのように人出が多いのだ。

その時、問屋の店先で女中同士が黄色い声を張り上げ、喧嘩を始めた。それで往来の人が面白がって集まって来た。店の者たちが双方を止めている。

その騒然とした人混みを抜けようとして、小次郎はふっとある人物に目が行った。

由宇が急ぎ足で人を掻き分けるようにし、雑踏を抜けようとしていた。下婢の姿のままである。

小次郎の頰に皮肉な笑みが浮かんだ。

そして由宇に近づきかけ、不意に眉間を険しくした。

その由宇へ執念の目を離さず、片腕の筧が追って来たのだ。筧の様子が異様なので、小次郎にはすぐに由宇が狙われていることがわかった。

一文字笠を目深にし、小次郎は雑踏に紛れて姿を消した。

由宇は呉服町新道《しんみち》へ入ったところでさっと緊張の面持ちになり、そこでひたっと歩を止めた。

新道は蕎麦や甘酒などの飲食店が多く、そこも人出が多い。

筧がゆっくり近づいて来た。

「大胆な奴め。屋敷にまで入り込んで何をしていた」

囁くように言った。

由宇は張り詰めた表情で黙している。

筧が間近で由宇を睨み据え、

「わしの後について来い」

「………」

「言う通りにせねば、ここにいる罪のない者どもを片っ端から斬り捨ててやる」

筧が右手で刀の鯉口を切り、辺りを睥睨した。この男ならやりかねなかった。今にも抜刀し、無差別な殺戮に及びそうな切迫した雰囲気があった。

「………」

由宇の額に汗が滲んだ。

「わたくしをどうするつもりですか」

由宇が低い声で言った。

「どうもこうもない。わしの失われた片腕のとむらいをしてやるのだ」

「……」

「それっ、ついて来い」

篔が先に立って歩き出した。

由宇は暫し立ち尽くしていたが、そろそろとその後にしたがった。そしていきなり身をひるがえそうとした。

突然、幼児の悲鳴が上がった。

由宇がその場に釘付けになった。

篔が近くにいた幼児の胸ぐらを取って抱き上げ、むりやり高い高いをしていた。

子供は怕くて泣き叫んでいる。

篔がぎらっと残忍な目を向け、

「童などはひとたまりもないの」

太い親指を幼児の喉元へ食い込ませた。

由宇がはっとなり、

「わかった、言う通りに致す」

「では、こっちだ」

筧が幼児を放り出し、腕のない袖をふりながら歩き出した。

由宇は火がついたように泣く幼児の無事を確かめておき、その後を追った。

二間間口のその小店は新道の外れにあり、油障子に山くじらと大書されてあった。

どうやら潰れた店らしく、軒は傾いて障子も破れ放題だった。山くじらとは獣肉を売る店のことだ。

筧は由宇を引き連れてそこへ入ると、油障子を閉め切り、いきなり凄まじい勢いで由宇を突きとばし、すかさず抜刀した。

由宇も同時に懐剣を抜き放ったが、筧より一歩遅れた。その喉元に剣先が突きつけられた。身動きはできなかった。

筧が懐剣を捨てろと目顔でうながし、由宇はそれを土間へ放った。

しなやかな由宇の肢体を、筧は舐めるような目で見ている。

由宇がそれと察し、うす笑いを浮かべた。

「くノ一に手を出した殿御は十中八九命がない。交わりながら屠《ほふ》られるのです。それでもよろしければ、この躰を与えましょう」

背水の陣で由宇が言った。

「うぬっ……」

燃え立つ欲情と、筧は闘っている。

「さあ、どうなされる。好きになされよ」

由宇が豊かな胸許を押し広げた。

白くたわわなそれを見て、筧は目が眩《くら》み、息遣いが乱れてきた。

由宇は勝ち誇ったような笑みを湛えて、

「どうした、筧刑部。おまえはおなごも抱けぬ甲斐性なしか。それとも見かけ倒しの役立たずなのか」

挑発と知りながら、筧はそれ以上由宇に近づけない。しかし目は女体に吸いつけられたままだ。

由宇が筧の表情を読みながらすっと土間を移動し、上がり框に腰を下ろした。そこで身を横たえ、しどけない恰好になった。そこから妖艶な目で筧を誘っている。

「……」

遂にたまりかねたように、筧がふらっと由宇に寄って行った。そして刀を土間の土に突き立て、油断なく女体に身を重ねた。

するとぎこちない筧を助けるように、由宇はその首に両腕を巻きつけ、肉体を密着させてきた。耳許で淫らな熱い吐息を吐く。

筧がかっと逆上し、性急に媾《まぐわ》いを始めようとした。

だがその顔が凍りつき、動きが止まった。

由宇が髷のなかから黒いかんざしを抜き取り、筧の盆《ぼん》の窪《くぼ》を刺そうとしたのだ。

しかしその由宇の顔も、慄然となった。

筧の親指が由宇の首に食い込んでいた。

息が苦しく、由宇の表情が歪む。

「殺すか、殺されるか……ふふふ、わしをあなどるでないぞ」

強かで邪悪な笑みになり、筧が由宇の手からかんざしをもぎ取って投げ捨てた。

「おまえに汚されるくらいなら、舌を噛みます」

「噛むがよい。男を知り尽くしたくノ一が、操《みさお》を汚されたぐらいで死ねるものか」

「ええい、おのれ」

由宇が暴れた。

だが筧にのしかかられ、躰はままにならない。

そうして由宇の自由を奪っておき、筧は片腕で女体をまさぐり始めた。斬り落とされた片腕の上腕が由宇の胸許を圧迫している。

その時、油障子が静かに開けられた。

それだけで寛はぱっと由宇から離れ、土間へ下りて刀をつかみ取った。

一文字笠を外した小次郎が、戸口に立っていた。

その姿を見ると、由宇は急いで身繕いをして一方へ避難した。小次郎の出現に狼狽している。

「何奴だ」

寛が怒号した。

小次郎は冷やかな目を寛にくれ、

「貴様は室賀半蔵の仲間、風魔党であろう」

寛は何も言わず、烈しい目で小次郎を睨み据え、刀を正眼に構えている。

小次郎がじりっと近づいた。

「とおっ」

裂帛《れっぱく》の気合で寛が斬りつけた。

一閃、二閃……。

その刃先を笠で払いのけ、さらに小次郎が近づく。

だだっと後ずさり、やおら筧が身をひるがえした。裏手へ走り、戸を蹴破って逃げ去った。

小次郎が由宇を見た。

「怪我はないか」

「……………」

やさしい言葉が心に沁みた。

由宇の表情から緊張が消え去り、思わず笑みがこぼれた。

十五

小女が酒を運んで来て立ち去ると、それを待っていたように徳利の酒を盃に注ぎ、由宇は小次郎にちょっと申し訳ないような会釈をして、きゅっと飲み干した。

小次郎が目許を和ませ、その様子を見ている。

そこは呉服町新道から少し行った新右衛門町《しんえもんちょう》の蕎麦屋の二階で、ほかに客の姿はなかった。どちらともなく誘い合わせ、この店へ上がったのである。

「くノ一も酒を飲むのだな」

小次郎が揶揄めかして言うと、由宇は「まっ」と言って小さく睨み、

「今のこれは気付け薬なのです。とても尋常な気持ちではいられませぬので」

「確かに尋常ではいられぬな。ひとつ間違えばおまえは命を落としていた」

「本当にお助け頂いて、どうも……」

由宇は町場女のようなやわらかな仕草で、改めて頭を下げた。

「おれも貰おう」

「あい」

小次郎が盃を取り、由宇が酌をする。

「由宇、改めて聞く。おまえは武田忍者の末裔なのだな」

由宇がこくっとうなずき、そこでまた手酌で酒を飲んで息を整えるようにし、

「その昔、望月《もちづき》千代女《ちよじょ》様と申す御方がおられました。遥か彼方の戦国の世のことです。千代女様は信玄様の家臣、望月盛時《もりとき》様の奥方でございました。その千代女様こそが武田くノ一の始祖なのでございます」

「信玄公の家臣が、くノ一と夫婦になったと申すのか」

「そうです。そうなりましたきっかけは、盛時様が川中島《かわなかじま》の戦で討死《うちじに》なされた後、千代女様は信玄様の命で武田家のために働くことになったのです。千代女様は頭領

となられて配下のくノ一をしたがえ、戦さ場を駆けめぐったそうでございます」

「その隠《かく》れ蓑《みの》として、巫女に化けたのだな」

「いいえ、そうとばかりも……われらは幼い頃より巫女として育てられ、歩き巫女として特定の神社には属さずに旅をつづけ、求めに応じて神楽や祈禱を行って参りました。神意を伺い、人様に神託を告げる極めてまっとうなこともしているのです」

「むろん、忍びの技も教え込まれたのであろう」

「はい。これでもわたくしは頭領なのです」

「しかし千代女ならまだよいが、おまえは由宇女、すなわち遊女になってしまうな」

　他愛のない冗談に、由宇が笑った。

「由宇、そこでだ」

　小次郎が本題に入るかのようにして、

「大目付の間宮左近将監は、彼《か》の地にて何をやらかしたのだ」

　と切り出した。

「はい、それは……」

由宇が言い淀《よど》む。

表情が一変して、みるみる暗いものになっていく。

「今際《いまわ》の際《きわ》の室賀半蔵から聞いたぞ。間宮は風魔党の四人を使い、でっち上げによって柘植藩を取り潰したのであろう」

「……」

由宇は話すことをためらっていたが、やがて決意の目を上げると、

「間宮左近将監は鬼畜外道、許せぬ人でなしなのです」

「さもあろう。世間の評判も決してよくはないな」

「甲斐国柘植藩のお殿様は上田《うえだ》右京亮《うきようのすけ》様と申し、一万二千石の譜代小藩ではありましたが、武田家とは遠縁の間柄でございました」

「うむ」

「そこのご家臣に馬廻り役の赤座《あかざ》蔵人《くらんど》と申す御方がおられたのです。赤座様には藩中一と謳《うた》われた美貌の奥方美保代《みほよ》様がおられ、お二人は人もうらやむような仲睦《なかむつ》まじきご夫婦でございました。ところがあろうことか、間宮はその美保代様に懸想《けそう》したのでございます」

「間宮と美保代はどうして出会ったのだ」

「美貌の評判を聞きつけたのです。大目付は道中奉行も兼ねておりますから、間宮はそれにかこつけて柘植の領内へ巡見に……そこで美保代様を見初《みそ》めたのです」

「人の妻をか」

「けだものですから、あの男は」

語気強く由宇が言った。

「見初めたとしても、いかに大目付でも手は出せまい」

「いいえ、それをあの男は……殿様に掛け合い、美保代様を差し出せと」

「藩主はなんとした」

「断固断りました。それればかりか、右京亮様は潔癖なお人柄でしたから、必死で家臣を守り、間宮を烈しく面罵したのです。それを屈辱と捉え、間宮は殿様に逆恨みをしました」

「矛先《ほこさき》が変わったのだな」

「それが不幸の始まりでございました」

小次郎が暗然とした声になり、

「なんということだ……」

「間宮は風魔党の四人を放ち、柘植藩の落ち度を探させたのです。でも何も出て参りませんでした。そこででっち上げを……」

「そこまでやるか」

小次郎が目を怒らせた。

「折も折、柘植藩では本丸御殿の改築をしようとしておりました。それはお上へ届けを出し、正式にお許しも得ていたものなのです。ところがある日突然、柘植藩に謀叛《むほん》の兆《きざ》しありとお科《とが》めがあり、お上の手が入りました。改築具申の書状はいつの間にか千代田《ちよだ》のお城から紛失していたのです。ゆえに無断で改築を致し、謀叛の備えということに」

「………」

「すべては間宮の謀略なのです。あの男はおのれの思いが遂げられぬと、人を不幸に陥れて破壊するのです。遡《さかのぼ》って調べまするに、間宮は昔からおなじようなことをくり返しておりました」

「その手足として使役されたのが風魔党なのだな」

由宇がうなずき、

「されど筧刑部は別として、ほかの三人には切ないものが……」

「切ないとは」

「加藤継之助、成瀬又八、室賀半蔵……いずれもわれらの手で成敗致しましたが、彼らは報酬目当てで働いたに過ぎません。卑劣な手段による謀略に苦しみもあったようです。加藤には妻子がおり、成瀬にも年老いた母親がいました」

「……」

「そして半蔵に至っては、牙様がよくご存知でございましょう。半蔵は間宮の謀略に利用されることに悩み、商人に身を投じました。ですから三人はまだ人の心を持っていたのです」

「そこまでわかっていて、なぜ三人を許してやらなかった。おまえたちの行いは血も涙もないではないか」

「これは掟《おきて》なのです」

「掟……」

「われら忍びに情を差し挟むことは御法度《ごはっと》でございます。屠るか、屠られるか、それしかありません」

「……」

「牙殿、どうかおわかり下されませ」

「空しくはないのか、由宇」

「空しいとは……」

「戦乱に明け暮れる往時ならともかく、この泰平の世にあってなぜ殺戮に生きる。なぜ人であることを捨てる。愚かしいとは思わぬのか」

「忍びの宿命にございます」

「なに、宿命……」

「上田右京亮様はお家が改易と決まるや、その日にお腹をお召しに……さらに赤座蔵人様と美保代様も相対死《あいたいじに》をなされました。甲斐の山里で暮らしていたわれらも、あれほど悲嘆にくれたことはございませんでした。柘植藩の不幸は、われらの不幸でもございました。宿命と申しましたが、これはわれらの仇討《あだうち》なのです」

「……」

「牙殿、怨みは決して水に流せないのです」

揺るがぬ由宇の決意に、小次郎はたじろいでいた。

十六

御殿向きの網行燈の光が、四人の男の面貌を不気味に浮かび上がらせていた。

行燈の油がちりちりと燃える音をさせている。

それは悪鬼羅刹《あっきらせつ》の集まりのようでもあり、余人が見たなら心胆《しんたん》寒からしめるものがあった。

そこは間宮家の書院で、四人とは間宮左近将監、筧刑部、井口悌四郎、土屋外亀蔵である。

帰着したばかりの井口が、心昂らせるように、

「御前、目付の正体が知れましたぞ」

「申せ」

間宮が低い声でうながす。

「その奴の名は、倉田弥一郎《くらたやいちろう》にございます」

「倉田……おお、あの若造か。よく知っている。お城では目立たぬ男だが、そうか、あ奴がわしのことを……」

「倉田はかなり以前に遡り、御前の道中方の仕事まで調べているとか。奥坊主に聞きましたゆえ、確かなことかと。団扇売りの老いぼれは、恐らくその手先でございましょう」

脂汗と共に、間宮の顔に憤怒がみなぎる。

「いか致しましょう。このまま放っておくわけには」

井口が意気込んだ。

「わかっている」

間宮の目がぎろりと筧に向けられた。

筧が冷笑を浮かべる。

「刺客依頼でござるか」

「わしが失脚致さば、おまえも路頭に迷うであろう」

「それは、確かに」

間宮が手文庫から切餅一つを取り出し、無言で筧の方へ差しやった。

筧がすばやくそれをふところへ納める。

井口と土屋が反撥の目で見交わし、

「貴様、御前を食い物にしているのではあるまいな」

井口が言った。

「それがどうした。わしのやり方がどうであれ、その闘いのなかでわしはおのれの片腕を失った。過分な報酬は当然のことではないのか」

土屋が鼻で笑い、

「それは一理あるな。そうして貴様は金と引き替えに命を削り、やがては野面で果てるのであろう」

「野面で果てるは希むところよ。御前の傘の下でぬくぬくと生きる、たるみ切ったお主たちとは違うのだ」

井口と土屋がさっと気色ばむと、間宮が含み笑いでそれを制し、

「まあ待て、それより最前の話が気になる。物売りの老いぼれと、くノ一どもを助けた謎の浪人がいるのだな」

「はっ」

井口が土屋と見交わし、首肯した。

筧も臍《ほぞ》を噛む思いで、

「正体はわかりませぬが、怖ろしき使い手でござった」

「おまえに斬れなかったのか。それでむざむざくノ一を取り逃がしたのか」

「はっ、面目しだいも……」

筧が苦衷《くちゆう》の表情でうなずき、

「それに」

「それに、なんとした」

間宮が問い返した。

「その男は室賀半蔵の死、風魔党のことなども知っておりましたから、この一件にはかなり首を突っ込んでいるものと。油断がなりません。あるいは今の話の目付の手下かも知れませぬな」

間宮はざわざわと粟立《あわだ》つような面持ちで、

「うむ、どうしたものかな……わしの身の周りに好ましからざる輩どもがうろつき廻っている。これは由々《ゆゆ》しき大事ぞ」

「御前っ」

井口が切羽《せっぱ》詰まった顔で膝を詰めた。

「慌てるな。ものごとはな、ひとつずつ片づけてゆけばよい。まずは……」

そう言って虚空を睨み、

「倉田弥一郎だ」

十七

白雨《はくう》がしぶく境内は参詣人の数も少なかった。

その寺の廻廊に、由宇、胡蝶、小萩が座っている。

若い娘らしき小袖を着て、三人がそこでそうしている姿は信心深い衆生《しゅじょう》のようにも見えるが、話している内容はまったく異なるものであった。

「ここまできたのですから、焦ることはありませぬ。好機はかならずおとずれます」

由宇が二人の顔を見て言う。

「でも登下城のほかに、間宮は滅多に外出をしませんね。たまに出かけても、大勢の家臣に護《まも》られています。難攻不落ではありませんか」

そう言って胡蝶が唇を噛むと、由宇もおなじ口惜しさで、

「臑《すね》に疵を持つ身だからなのでしょう。間宮にもわかっているのですよ。外へ出ればこれまで犯した悪行の、怨嗟の針が躰中に突き刺さってくるのです。根は小心なのかも知れませんね」

「間宮のような男は、悔い改めるようなことはないのでしょうか」

何を今さら、というような間の抜けたことを、小萩が罪のない顔をしてぽろっと言った。

それには由宇も胡蝶も失笑を禁じ得ず、

「とんでもない、あの男がどうして悔い改めるものですか。身勝手な我欲しか頭にないのですよ。早く地獄へ堕《お》としてやりたいものです」

胡蝶は言ったあと、

「では屋敷への夜討ちは断念した方がよいのですね、由宇殿」

「警固が厳重で、夜討ちをかけるとするなら死を覚悟せねばなりますまい。間宮と命の引き替えはご免です」

「ええ、それはわたくしとて」

「由宇殿、ひとつお聞きしても？」

小萩の問いかけに、由宇が顔を向ける。

「牙殿とはどのようなお話をなされたのですか。筧刑部の手から救って下すったのですから、むろん感謝したのでしょうけど」

「ええ、心からお礼を。それであの御方ならよいと思い、秘密をすべて話しました。室賀半蔵が今際の際にあらかたは打ち明けたようなので、牙殿はさして驚かれませんでしたけど」

「お話ししてみて、本当のところ、どんな御方でしたか」

さらに小萩が詮索する。

「あの御方は不思議な御仁ですね。われらとは別に間宮を探索しているのです。とても只の浪人とは思えませぬが、何を問うてもご自身のことは明かそうとはしないのですよ」

「只の浪人でないことは初めからわかっておりました。あの雅な佇まいは都人《みやこびと》を思わせるではありませんか。そのような風情が身についているのです」

小萩が興味津々で、大人びた口調で言った。

由宇が表情に笑みを含ませて、

「小萩はあの御方をどう思っていますか」

「ど、どうと申されても……」

小萩は顔を赤くし、どぎまぎとなった。

「よいではありませぬか、小萩。以前に牙殿のことを立ち姿のよき御方と申しておりましたな。あの御方を見ていると、うっとりするとも」

胡蝶が小萩をからかうように言った。

小萩は口を尖らせ、

「わ、わたくしばかりでは……いいえ、胡蝶殿とて、牙殿は白面《はくめん》のきれいな殿御と申されました」

胡蝶が目を慌てさせ、

「そのようなこと、わたくしがいつ……」

「申されましたとも。それに由宇殿も胸をときめかせているのでございましょう」

「え、わたくしはそんなことを申した覚えは」

由宇まで狼狽した。

「いいえ、お口に出さねどわたくしにはわかるのです。牙殿を見る時の由宇殿の目の色が違いますもの」

「そ、そんな勝手なことを」

「そうです、小萩は気の廻し過ぎですよ」

由宇と胡蝶が小萩を非難する。

男の話題ともなると、くノ一でさえこのようにして娘らしく華やぐのである。

小萩はつんと澄ました顔で、

「つまりここにいる三人が三人とも、牙殿を快く思うているということですね。それでわたくしも安心致しました」

「それはまあ、異論はございませぬが」

由宇が言えば、胡蝶も同感で、

「わたくしとておなじです。確かにあの牙殿はご様子もよろしく、申し分のない御方なのです」

「ええ、その通り」

由宇がしたり顔でうなずく。

するとニ人の様子を見ていた小萩がころころと笑い出し、由宇と胡蝶はからかわれているような気がして、きりりと小萩を睨んだのである。

十八

浜町《はまちょう》河岸に面した茶店の奥で、義平が若い旅装の武士と密談を交わしていた。

辺りはもうすっかり暮れて、夜の帳《とばり》が下りている。

若い武士は編笠を被り、黒羽織に袴姿で佩刀《はいとう》し、ひとかどの人物であることがわかる。二十半ばの若さだが、定員十人の御目付の一人で、その名を倉田弥一郎といった。

義平は倉田が抱えている密偵なのである。

「甲斐国はどうでございましたか、倉田様。心配しておりましたよ」

隠密旅から帰ったばかりの倉田に、義平が問うた。

倉田は正義心の強い目で、自信たっぷりにうなずき、

「数々の証言が得られたぞ、義平。柘植藩が取り潰されたのは間宮の謀略によるものであることがわかった。それは間違いない。柘植藩より本丸改築の具申が出され、上《かみ》の許可が出ているにも拘らず、その文書がどこかへ消えたのも間宮の仕業であろう。そのほかにも多くのことが判明したのだ」

「へえ」

「取り潰しを免れた別の藩は、間宮に莫大な裏金を払っている。これは強請なのだ。間宮のやっていることは町場の無頼漢となんら変わらん。明日、ご老中様に訴えてやるつもりだ」

それら調べ上げた事実を分厚い文書にし、倉田はふところに納めていた。

「お気をつけなされませ、倉田様。奴らもこっちの動きを察しているような節がございます。追い詰められた獣は何をするかわかりませんからな」

「わかっている。ゆえに今宵は役宅には戻らず、この近くの叔父上の屋敷に泊まるつもりだ」

「お坊っちゃまやお嬢様はお元気でございますよ。奥様も大事ありません」

子供たちの話が出ると、倉田はそこで硬い表情を弛ませ、

「会いたいな」

と言った。

子煩悩《こぼんのう》な一面が見て取れる。

だがすぐに張り詰めて、

「明日ですべて決着がつく。いよいよ間宮の悪行を満天下に晒すことが叶うぞ」

満足げに言い、茶をひと口飲んだ倉田が不意に「ぐわっ」と呻き声を上げ、茶を口からごぼごぼと吐き出した。

ぎょっとなった義平が見やると、倉田の腹から白刃が突き出ていた。

背後の葦簾《よしず》越しに突き刺されたのだ。

「ああっ、倉田様」

叫んだ義平が床几《しょうぎ》から転がるようにして立ち上がった。

倉田の躰から大刀を引き抜き、葦簾をはねのけて寛刑部が鬼のような形相で現れた。

ずるずると崩れ、倉田がその場に倒れて息絶える。

「下郎、貴様もだ」

筧が兇刃をふるった。

義平がとっさに床几を持ち上げて筧の方へぶん投げ、決死で倉田のふところの文書の束をひっつかんだ。

その義平の耳すれすれに白刃が唸る。

義平が文書をふところ深くねじ込み、蒼白で身をひるがえした。

「おのれ、下郎」

筧が猛然と追った。

双方の距離がぐんぐん狭まっていく。

十九

寝ていた小次郎がすっと目を開けた。

鋭敏なこの男の五感に、何か訴えるものがあったのだ。

しかし石田の家は寝静まり、さっきまで聞こえていた小夏の声もしなくなり、しんとしている。

小次郎が身を起こし、大刀をつかんで渡り廊下の所まで行き、そこで声を低くして誰何《すいか》した。

「誰かいるのか」

庭先で黒い影がうごめくともつれるような足取りで姿を現し、月明りにそれが義平であることがわかった。

「おお、おまえは……どうした、怪我でもしているのか」

義平の歩き方に眉を寄せた。

「へえ、まあ、どうってこたありやせんよ。旦那に訪ねて来いと言われやしたんで、こうしてお言葉に甘えて」

「よし、上がれ」

小次郎が義平を座敷へ連れて行った。

義平は小次郎の前に座ると、汗と泥に汚れた情けない顔を上げた。肩先から腕にかけて斬られたらしく、手拭いで強く縛って血止めをしている。それは逃げる途中で行きずりの誰かに手当てをして貰ったようだ。

「あっしの名めえは義平と申しやす」

そう言って義平は頭を下げ、

「初めに旦那に見抜かれやした通り、あっしはさるお役人の手先をつとめておりやした。そのさるお役人てな、御目付の倉田弥一郎様と申しやす」

「間宮の探索に目付筋が動いていたのか」

「へい、さいで。それで倉田様は間宮が取り潰した甲斐国のさるお大名家のことを、調べに行っておりやした」

「知っている。柘植藩一万二千石であろう」

「よ、よくご存知で」

「だから申したではないか。おれも間宮の悪行を調べているのだ」

「恐れ入りやした。それにしても、旦那はいってえどういう御方なんで」

「おれの詮索より、もっと大事な話があるはずだぞ。誰に襲われ、なぜにそんな怪我をした」

「間宮が雇っている狼みてえな野郎にやられやした」

小次郎の脳裡に筧刑部の顔が浮かんだ。

義平の顔が悲痛に歪んだ。

「ところが……」

「ところが、どうした」

「一刻（二時間）ほどめえ、倉田様というところへその野郎が襲ってきやがったんで。そこで倉田様はあえなく命を落とされやした。あっしぁ必死で逃げて、その野郎がしつけえからあっちこっち逃げまくって、やっとのことでここへ辿り着いたんでござんすよ」

義平が胴巻をごそごそとやり、大事にしまい込んだ文書の束を取り出した。その一部に血が滲んでいる。

「こいつにゃ間宮の悪行が逐一書いてござえやす。倉田様が苦労して調べ上げたものなんで。ところが倉田様の上《うえ》を知らねえもんですから、あっしがこいつを持っていても宝の持ち腐れでござんす。どうか旦那の手で、なんとかして頂きてえんで」

小次郎が文書を受け取り、ぱらぱらとなかに目を走らせていたが、

「おれを信用してくれるのだな」

「これでも人を見る目は持ち合わせてるつもりでござんす。旦那をひと目見た時から、こいつぁ頼れる御方だと」

「そうか」

「旦那、間宮みてえな悪党は滅多におりやせん。あんな奴がいつまでものさばってたら、この世は真っ暗闇じゃござんせんか」

「わかった。おまえはここで休め。今医者を呼びにやらそう」

「い、いえ、そんなことして貰っちゃあっしが困りやすよ。この家の人に迷惑がかかっちまうんで」

義平が恐縮する。

「よせ、気遣いは無用だ」

そこで小次郎はにっこり笑い、

「おれもな、初めておまえを見た時から腹の据わった奴だと思っていたぞ」

「へい」

緊張が解けたせいか、義平が顔をくしゃくしゃに歪め、細く小さな目に泪を滲ませた。

二十

間宮の屋敷の玄関先に使者の侍が立ち、式台の前に畏まった間宮家用人に何やら伝えている。

井口が門を入って来て、使者の侍にうやうやしく一礼し、屋敷内へ上がって行った。

間宮は居室で出仕の支度をしていた。

近習《きんじゅう》の家臣数人がその介添えをしている。

井口が入って来て、家臣たちを退かせ、間宮に声を落として、

「倉田弥一郎、昨夜浜町河岸にて横死を遂げましたぞ」

「でかした」

間宮は満面の笑みになると、

「覚はどうしている」

「知りませんな。どうせ御前からせしめた金でよからぬ遊びでもしているのでございましょう。みどもに倉田を仕留めたことを告げると、町場へ消えました」

「そうか」

そこへ用人がやって来て畏まり、

「御前、ご老中様よりお使いが」

用人を気遣い、井口が畏まる。

「用件はなんじゃ」

「本日酉《とり》の刻（午後六時）より、寛永寺《かんえいじ》にて茶会を催すそうでございます。若年寄様、寺社奉行様、それに勘定奉行様、町奉行様方もお見えになられますので、是非

とも御前にもお越し頂きたいと」

「急な話であるな」

「ご老中様はなんでも急に思い立たれますそうで、お使者の方も申し訳ないと申しております」

「使者はまだおるのか」

「お返事をお待ちに」

「わかった。かならず参ると伝えてくれ」

「承知仕《つかまつ》りました」

用人が去ると、間宮は上機嫌で、

「井口、よいことずくめではないか。暗雲が晴れた上に、ご老中からのお誘いはまたとないわ」

「はっ、これで御前のお立場もご安泰かと」

「うむ、そういうことじゃな」

井口の肩を叩いて笑った。

二十一

「さあ、飲み放題食い放題だぞ。好きなだけ食らうがよい」

筧刑部が招き入れた白首の私娼たちに、昼間から大盤ぶるまいをしていた。

そこは深川平野町《ひらのちょう》にある私娼窟《ししょうくつ》の一室で、壁や天井は煤《すす》けて黒く、いかにもの三流どころである。

金はしこたまあるのに、こういう所の方が気分が落ち着くのか、この男の品性に適っていた。

私娼たちは夜鷹まがいの年増が多く、しかも下品だから遠慮も何もせず、馬鹿笑いでごまかしながら料理を手づかみで貪り食っている。

筧は徳利ごと酒を飲み、手当たりしだいに女たちの乳や尻などを触りまくっている。

私娼の一人が耳許で卑猥なことを何やら囁き、筧は大声を上げて笑うと、

「それではわしの身が持たんぞ」

言い放ったとたん、表情を一変させ、ぎらっと鋭い目になった。

どこからか、音曲が流れてきたのだ。

だが女たちの嬌声でよく聞こえず、

「静かにしろ」

怒鳴っておき、耳を澄ました。

女たちは静かになり、誰かがくちゃくちゃと蛸《たこ》の刺身を食う音だけが聞こえている。

今度ははっきりと、笛と篳篥の音が覚の耳に届いた。

「歩き巫女……」

覚がつぶやき、大刀をつかんで立ち上がった。

群がって止める女たちを払いのけ、覚は足音を忍ばせて出て行った。

私娼窟を出ると、界隈は深川寺町《てらまち》で、閑散として人通りはない。

しかし音曲だけはすぐ近くから聞こえている。

「おのれ……」

挑発に乗るように、覚が刀の鯉口を切り、音のする方へ急いで向かった。

だが近づいたと思うと音は遠くなり、遠くなったと思うとまた近づいた。

これは同時に多方面から音を聞かせるまやかしの術で、そんなことは覚は百も承知だから不意に立ち止まり、用心深い目で周囲を見廻した。

するとと音もぴたっと止むのである。

「……………」

敵がどこから襲って来るかわからず、筧の面上にじりじりと焦慮が浮かんだ。

辺りは不気味に静かである。

と――。

何かが空に舞い上がった。

筧がかっと見上げると、それは女物の派手な小袖であった。それが何かに操られるように空中で袖を広げ、筧の頭上に落ちてきた。

その絵柄には、羽を広げた緋色の孔雀が描かれている。

「むっ」

筧が小袖を払いのけんとするが、なぜかそれは生き物のように筧の躰にまとわりつき、締めつけてくる。

小袖をつかみ、片方を口にくわえて引き裂き、筧が悪戦苦闘する。

突如、小袖が再び宙に舞い上がり、樹木の枝にひっかかると、そのままひたっと動かなくなった。

それがまるで前奏であるかのように、やがて嵐の如き襲撃が開始された。

無数の卍手裏剣が四方八方から飛来した。

「くわっ」

筧が牙を剝き、片腕で刀をふり廻して手裏剣を叩き落とし、打ち返す。肩に刺さった手裏剣を抜き取り、投げ返す。だが敵は一切姿を見せない。

手裏剣は躰中に突き刺さり、筧は弁慶のように仁王立ちしている。その足許にぽたぽたと血が滴り落ちる。

それでもこの男は倒れず、不敵な、ぎらぎらとした目で辺りを睨み廻している。

襲撃が止み、再び静寂がおとずれた。

じゃり、じゃり……。

玉砂利を踏み、三方から由宇、胡蝶、小萩が現れた。それぞれ抜き身の忍者刀を手にしている。

「筧刑部、どうやら冥土《めいど》へ旅立つ時がきたようですね」

凛《りん》とした由宇の声だ。

「その言葉はそっくり返してやる。まやかしの術など使わず、正面から掛かって来い」

筧が片腕で大刀を構えた。
「はっ」
由宇が掛け声を発した。
三人が同時に地を蹴った。
筧が迎え撃つ。
刃風、刃音が響き、四人の足と足が入り乱れた。
筧の怒号に、女たちの気合が飛び交った。
左右から烈しく攻める胡蝶と小萩に惑わされ、筧が左右に刀をふるう。
正面から由宇が、ふり被った忍者刀をふり下ろした。
手応えがあった。
筧の脳天が真っ二つに割られた。
信じられない量の鮮血が噴出する。
「があっ」
筧が絶叫を上げた。
胡蝶と小萩が突進し、共に筧をここを先途と刺突した。
そしてすぐに離れ、三人はその場に佇んで筧の堕ちて行く様を見守った。

もう声すら出ず、筧は血まみれの顔で三人をゆっくり見廻し、怨みを残してどーっと倒れ伏した。

由宇が近寄って筧の首筋に手をやり、その躰を仰向かせた。そして馬乗りになって一気に留めを刺した。

躰を痙攣《けいれん》させ、筧が絶命する。

由宇は筧から離れると、厳しい目で二人を見て、

「参りますぞ、敵は寛永寺です」

胡蝶と小萩が強くうなずいた。

二十二

広大な上野寛永寺の境内の一角に明りが灯され、そこで茶会が催されていた。

茶室の周りは篝火《かがりび》が焚《た》かれ、無数の警固の侍たちが立ち並んでいる。異様な警固ぶりだが、幕閣中枢が一堂に会しているのだからむりもなかった。それにお歴々の家臣だけでなく、日頃は江戸城警固の御先手組《おさきてぐみ》の猛者《もさ》たちまで狩り出されているのだ。

ここを住処としている狐狸《こり》の類も、今宵ばかりは巣穴に潜んでいるようだ。

茶室の外観は一重、入母屋造《いりもやづく》り桟瓦葺《さんがわらぶき》で、軒と妻廻りを檜皮葺《ひわだぶき》にしている。内部は七畳の一の間、八畳の次の間、四畳の拭い板敷と茶を点てる部屋の四間から成っている。ここの茶室は書院造りだから広々として、純粋な意味のそれではない。茶室というより、茶座敷への志向が濃厚なのだ。

そこに老中を筆頭に、若年寄、寺社奉行、勘定奉行、町奉行、そして大目付間宮左近将監が厳《おごそ》かに居並び、作法にしたがって茶を喫している。

しんとして、咳《しわぶ》きひとつ聞こえない。

と——。

間宮の頭上、天井の隙間から白い一本の糸がすうっと垂れてきた。

それには誰も気づかない。

糸の狙いは間宮の茶で、そこをめがけて透明の液体が一滴、糸を伝ってくる。そして茶のなかにぽたっと落ちた。役目を果たすや、糸はすぐに引き上げられ、天井に消えた。

「結構なお点前《てまえ》で」

何も知らず、液体の入った茶を飲み干した間宮が亭主に向かって一礼した。

礼が返される。

茶立ては粛々《しゆくしゆく》と進んで行く。

じっと端座した間宮に異変が生じた。

腹が痛い。

ごろごろと鳴り始めた。

(これはどうしたことだ)

我慢できない腹具合になってきた。

隣りの若年寄に事情を打ち明け、席を立つことにした。若年寄は眉を顰《ひそ》めている。

一同の非難の目が向けられた。

それらへ身の縮む思いで目礼しておき、間宮は茶室を出た。

警固の侍たちが何事かと寄って来る。茶立ての最中に席を外すなど、考えられないからだ。

侍たちをうるさそうに払い、間宮は厠へ急いだ。その後から何人かがついて来るので、それには及ばぬと語気強く言い、一人で立ち去った。侍の一人が何かあってはいけないと、間宮に鞘ごとの脇差をつかませた。ためらっていた間宮がそれを手にし、腰に落とす。

厠は庭ひとつ向こうの、四阿風《あずまやふう》の建物である。

間宮はともかくそこへ急いだ。なかは厠にしては広く、飛び込むようにして入るや、袴を取り外す間ももどかしく、しゃがんだ。

ほっとした。

再び袴をつけて外へ出ると、そこに三人の女が立っていた。

由宇、胡蝶、小萩だ。

全員が黒装束に身を包み、面体を隠している。手には抜き身の忍者刀が握られている。

そこはまだ四阿のなかで、警固の侍たちはこの三人に気づかない。

「何奴だ」

間宮が脇差に手をかけ、睨み廻した。

「お命頂戴、仕る」

由宇が静かな声で言った。

胡蝶と小萩は一触即発の殺意をみなぎらせている。

「き、貴様ら、忍びか……」

「遠く、甲斐国より参上致しました。上田右京亮様、赤座蔵人様、美保代様の怨みを晴らすためです」

「なんと……」

「それだけではない。その方がこれまで犯した非道の数々、とても許されるものではない。お覚悟めされい」

胡蝶が吠えた。

立派な体格の間宮が脅え、身を震わせている。武将髭までが萎《しお》れているようだ。

その時、戸の外から井口悌四郎の声が聞こえた。

「御前、大事ございませぬか」

「ううっ」

間宮が恐怖の声を漏らした。

女たちがさっと間宮に群がり、その口を手で塞いだ。

「いかがなされました、御前」

今度は土屋外亀蔵の声だ。

小萩が戸に寄り、忍者刀で構えた。

だがその時、井口と土屋が同時に呻き声を上げ、ばたばたと倒れる音がした。それきり静かになった。

女たちが面妖な顔で見交わし合う。

すると戸の外から、

「こっちはかたがついたぞ、存分に仇を討つがよい」

小次郎の声に勢いづき、三人が目を輝かせるや、一斉に間宮に殺到した。

間宮が刺突され、声もなく息絶えた。

倒れ伏すそれへ、由宇が深々と留めを刺した。

そして女たちが戸を開け放つと、井口と土屋の無残に斬り殺された死骸が転がっていた。

しかしそこに小次郎の姿はなく、果てしのない闇が広がっているだけなのである。

まさかとは思うが、その兇状は鳴りを潜めていた狐狸の類の仕業のようにも思えた。

二十三

それから数日が経った。

寛永寺で斬殺された間宮の死は表には出されず、自邸にて急死ということにされた。茶会に集まった幕閣中枢たちが、その場でそういう判断を下したようだ。

間宮はとかくの黒い噂があったから、怨嗟の声はとてつもなく広く、事件の探索に乗り出した他の大目付も形だけのそれに終始し、追及に情熱を燃やさなかった。

そういう大事件ほどなぜか風化が速く、幕閣のなかでも話題にのぼらなくなった。

（それでよいのだ）

小次郎は胸のなかでひとりごつ、ある日、秋風の立ち始めた町へぶらりと出た。

寛永寺の晩以来、三人のくノ一とは会っていなかった。会いにも来なかった。人の常から外れたところにいる女たちだから、そういう別れも詮方ないのかも知れないが、

（ひと言礼ぐらい言ってもよいのに……）

小次郎は一抹《いちまつ》寂しくもあり、不満だった。

その時、どこからか風に乗って笛の音が聞こえてきた。

（む？　まさか）

笛の音に引かれ、音のする方へ向かった。

しかし雑踏を隈なく探しても、女たちの姿はなかった。

しかし笛の音だけはつづいている。

いつしか人けのない稲荷の境内へ入っていた。

「牙殿、このままお目もじせずに消えまするる」

すぐそばで由宇の声がした。

しかしいくら見廻しても、その姿はない。

「よいから出て参れ、おまえたちと一献《いっこん》傾けたい」

「それはなりませぬ」

今度は胡蝶の声だ。やはり姿はない。

「なぜだ」

「どうしてもなんです」

おちゃっぴいな声で小萩が答えた。

さしもの小次郎も、忍びの技を見破れない。

そこで諦めた。

「わかった、では達者で暮らせ」

投げやりに言うと、三人が「あい」と同時に答えた。

「どこへ行く、甲斐国へ戻るのか」

「いいえ、わたしたちは雲の上へ」

由宇がからかうように言い、胡蝶と小萩がくすくすと忍び笑いを漏らした。

「ふん、おれをたばかって面白いか」

小次郎が憮然とした声で言うと、真面目な由宇の声が返ってきた。

「牙殿、こたびのご助力有難う存じました。このご恩は忘れませぬ」

「わたくしも忘れませぬ」

胡蝶が言い、小萩が切なげに、

「忘れるものですか」

と言った。

そこへ一陣の風が吹いた。

女たちは風に乗って消え去ったようだ。その気配がなくなった。

小次郎はひとり、境内に佇んでいた。

(また会えるであろう)

そんな気がして、ふっと笑みがこみ上げた。

二〇〇九年七月　学研M文庫刊
刊行にあたり加筆修正いたしました。

光文社文庫

長編時代小説
緋《ひ》の孔《く》雀《じゃく》　牙《きば》小《こ》次《じ》郎《ろう》無《ぶ》頼《らい》剣《けん》（五）　決定版
著　者　和《わ》久《く》田《だ》正《まさ》明《あき》

2022年10月20日　初版１刷発行

発行者　鈴　木　広　和
印　刷　堀　内　印　刷
製　本　榎　本　製　本

発行所　株式会社　光　文　社
〒112-8011　東京都文京区音羽1-16-6
電話（03）5395-8149　編　集　部
8116　書籍販売部
8125　業　務　部

ISBN978-4-334-79440-8　Printed in Japan

組版　萩原印刷

光文社文庫最新刊

一《いち》人《にん》二《ふた》役《やく》　吉原裏同心(38)	佐伯泰英
北辰群盗録	佐々木　譲
不《ふ》老《ろう》虫《ちゅう》	石《いし》持《もち》浅《あさ》海《み》
屑《クズ》の結晶	まさきとしか
潮《しお》首《くび》岬《みさき》に郭《かつ》公《こう》の鳴く	平石貴樹
小倉・関門海峡殺人事件	梓　林太郎
紅子	北原真理

光文社文庫最新刊

シャガクに訊《き》け！	大石 大
Jミステリー2022 FALL	光文社文庫編集部・編
布石 決定版 吉原裏同心⒀	佐伯泰英
決着 決定版 吉原裏同心⒁	佐伯泰英
緋《ひ》の孔雀《くじやく》 決定版 牙小次郎無頼剣㈤	和久田正明
門前町大変 新・木戸番影始末㈣	喜安幸夫